Rayonnement

Romuald Reber

Introduction.

Confrontée à la fin anticipée de leur étoile, l'humanité devra réagir pour survivre. Le soleil, sur le point de se transformer en géante rouge, va déclencher un voyage ou plutôt un questionnement parmi ces humains des temps lointains. Quelle réponse trouveront-ils pour se sauver des flammes de l'enfer ?

Les chapitres.

Romuald Reber

La prairie.

Dans une prairie au bout de la forêt, un homme et une femme méditaient en regardant le soleil. La couleur rouge de l'astre en cette fin d'après-midi d'été ponctuait le ciel d'un point net, clair et précis. En lévitation à l'angle de la Terre et du vide, c'était une vue panoramique sur toute la vallée de la *Vie* qui s'offrait à eux.

L'endroit où ils vivaient était traversé par une rivière. Les demeures humaines disposées en biseau le long du cours d'eau, étaient séparées par des jardins d'herbes précieuses, des vergers, des potagers et des champs de céréales en forme de demi-cercles disposés en quinconce et facilement accessibles par de petits chemins de terre. Il y avait en tout quinze rangées d'habitations sur chaque rive. Elles formaient la cité de *l'Envol*. Ces logements, en forme de structures en nid d'abeilles, superposés les uns sur les autres, ressemblaient à une sorte de pyramide allongée. Un bâtiment englobait dix logements, une rangée dix bâtiments. Il y avait trois niveaux en surface et au centre un espace commun appelé *la Jonction*. La rive droite du fleuve était destinée aux couples avec un enfant encore en éducation, la gauche à ceux dont la progéniture l'avait terminée ou qui n'avaient pas encore reçu l'approbation de la communauté pour concevoir un nouvel humain. Un couple pouvait concevoir un seul être durant son existence. Les jeunes adultes, vers l'âge de seize ans, une fois leur éducation terminée, formaient un couple à leur tour. Ce couple était choisi en fonction de critères optimaux par la *Conscience Commune*. Les partenaires provenaient de toutes les cités de la planète. Les naissances suivaient des cycles de renouvellement planifiés par la *Conscience*. Cette planification assurait à la société autant de décès que de naissances et un nombre égal entre les hommes et les femmes.

Les deux corps en position du lotus formaient un triangle avec le soleil. Ils étaient la base, le soleil, le sommet. Derrière eux, un champ d'herbes longues ondulait sous une brise légère. Des insectes butinaient des fleurs éparses. L'ombre d'un couple d'aigles planant dans le ciel survola brièvement le promontoire. Un léger sourire posé sur leur visage témoignait de la plénitude de l'instant. S'approchant par les airs, un messager s'arrêta en face d'eux à quelques mètres et diffusa un message sonore.

-Votre présence est demandée à *la Jonction* de votre demeure. C'est une intervention planétaire. L'échange portera sur la géante rouge et les nouveaux cycles. Merci de votre attention.

Le messager était une structure temporaire presque transparente faite d'un mélange carbonique et gazeux. En forme de papillon, ses deux ailes servant à diffuser le son, il se déplaça dans l'air de quelques mètres et se désagrégea de façon presque imperceptible.

Les deux humains rejoignirent le sol de la prairie et se levèrent. Ils étaient vêtus d'une combinaison bleue qui leur collait au corps. Leur peau était brune, leurs yeux verts légèrement bridés. Ils étaient très grands avec une posture et une musculature parfaites. L'homme avait les cheveux courts et noirs tandis qu'une chevelure longue, blonde et soyeuse coiffait la femme. Il attrapa une sorte de petit collier qu'il portait au ras de son cou avec sa main droite. Il le plaça entre le pouce et l'index, puis il effectua une légère pression dessus. Aussitôt, sa combinaison changea de couleur. Elle était rouge maintenant. La femme en fit de même et juste après, deux transporteurs se matérialisèrent à leurs côtés. De couleur blanche, ils flottaient à vingt centimètres du sol. De la même texture que le messager, ils avaient la forme d'un plateau ovale entouré d'une sorte de balcon qui leur arrivait à la poitrine. Une fois qu'ils furent montés dessus par une porte aussitôt refermée, se tenant debout, ils placèrent leurs mains sur une barre horizontale qui se trouvait au sommet d'un tube à l'intérieur du véhicule. À ce moment, un fluide transparent recouvrit le transporteur d'un couvercle ovoïde.

-Allons-y, Ingos !

-Je te suis, Végas !

Les transporteurs s'envolèrent sans bruit dans le vide en direction de la vallée de la *Vie*. Ils avaient changé de couleur. Dans leur déplacement, un bleu métallique les habillait. Le cri des aigles qui observaient la scène salua leur départ. En un éclair, les dix kilomètres qui les séparaient de leur cité furent parcourus. Ils survolèrent un champ de blé et un verger où un groupe d'humains récoltaient des pommes. Une structure porteuse qui servait à contenir les fruits que les humains y déposaient, flottait au-dessus du sol à hauteur de leur taille. Ils saluèrent le couple qui passait juste au-dessus en levant leurs bras. Peu après, Ingos et Végas atteignirent la terrasse de leur logement, situé sur la rive gauche de la vallée. D'un pas sûr, Ingos l'homme et Végas la femme descendirent de leur engin. Quelques secondes après, ces structures s'effacèrent dans les airs.

-Ingos, nous devons recevoir l'approbation pour l'enfant dans un proche avenir. Je serai redevable à la communauté pour cet accord.

-Je le serai aussi. La communauté a toujours su apporter sa clairvoyance. Qu'elle en soit remerciée.

Ils rentrèrent dans leur demeure par une porte-fenêtre formée uniquement d'un fluide d'air. Leur appartement comptait huit pièces. Disposé sur deux niveaux, ce lieu de vie était spacieux et très bien éclairé grâce à de larges ouvertures donnant sur leurs terrasses. La structure des murs, du sol au plafond, était en un bloc et d'un seul matériau. De couleur perle, c'était une synthèse d'éléments de carbone et d'autres éléments gazeux contenus dans l'atmosphère terrestre qui s'était développée selon un plan de construction validé par la *Conscience Commune*. Cette structure se régénérait et se nettoyait par elle-même. Elle tempérait et filtrait l'air en permanence selon les besoins et en fonction de la météo. Elle distribuait l'eau et assimilait les déchets organiques produits par les habitants. Il n'y avait que des déchets organiques d'ailleurs. Tout autre objet qui était utilisé n'était qu'une combinaison différente des éléments de base servant à tout fabriquer et construire dans la société humaine de ces temps lointains. La durée de vie de ces ustensiles était indéfinie ou temporaire selon l'utilisation qui en était faite. Rien n'était produit sans qu'il n'y ait une utilité pratique, voire décorative. Mais à la fin de leur vie, tous retournaient dans l'atmosphère d'où ils provenaient. L'équilibre était parfait. L'humanité du quatrième milliardième de siècle de l'ère commune vivait en totale harmonie avec son environnement.

Cent millions d'années auparavant, l'humanité avait réussi le transfert des connaissances et des émotions vécues par la mémorisation intracellulaire. Au début, chaque nouveau-né recevait le savoir des siècles antérieurs par injection, puis, de génération en génération, il se transmettait naturellement. Ce qui avait mis fin à l'éternel recommencement dont le poids l'empêchait de grandir. Dès ce jour, au fur et à mesure des naissances, le nombre d'êtres éveillés augmentait. L'humanité s'était dirigée vers la sagesse, enfin. La *Conscience Commune* naquit par la suite de cette nouvelle clairvoyance. Elle était née de l'énergie mentale des hommes qui se développait constamment. Une entité qui existait sous une forme de lumière, un rayonnement. Faisant partie de tous les éléments de ce monde. C'était un réseau perpétuel reliant la communauté des hommes. Stockant et diffusant les connaissances de façon égalitaire, elle était capable de raisonnements et de propositions puisqu'elle était le savoir global. Le partage des connaissances augmentait le savoir. Cela décuplait le pouvoir de raisonnement de l'humanité. Ce qui lui permettait, avec l'aide de la *Conscience Commune*, de matérialiser ses besoins en s'inspirant des lois de l'univers. Fonctionnant sur le principe de l'emprunt, rien n'était utilisé sans que cela soit nécessaire et tout était rendu à la nature et totalement réutilisable par elle.

Cette société adoptait petit à petit un système où rien ne se faisait sans l'approbation totale de chaque homme et femme. La somme des connaissances à disposition facilitait une approbation rationnelle et émotionnelle à la fois. Il n'y avait plus de pour ou contre. Comment pouvait-on être contre ou pour quelque chose, sachant que celle-ci était le produit de l'analyse de tous basée sur la connaissance de tous ? C'était la fin de l'égocentrisme. Même les valeurs émotionnelles étaient prises en considération, pas seulement le rationnel, le tout ayant la même valeur. Chacune complétait l'autre dans un projet, une étude ou une décision à prendre. L'équilibre était respecté constamment.

Dans cette société, il n'y avait pas de hiérarchie, personne n'était supérieur à l'autre puisque tout le savoir était commun. Chaque cerveau était une source égale d'énergie et d'inspiration utilisée par *la Conscience Commune.* Cette concentration de connaissances était redistribuée à chacun par ce formidable outil. Tout enrichissement de l'un enrichissait l'autre. Une collaboration permanente, tel était ce qui qualifiait le mieux cette société.

Avec le temps, les hommes avaient délégué à la *Conscience* la gestion de leur société. Celle-ci était capable d'en assumer le mandat, mais l'approbation de chaque décision restait la panacée de tout le monde. Tous les humains participaient à la conception, proposition et réalisation de leur société à travers cette force. Son énergie, elle la tirait du soleil, de la Terre et des hommes et femmes de cette planète. Elle était représentée dans chaque cité et fonctionnait en temps réel. Elle effectuait une mise à jour quotidienne des connaissances, était capable d'actions en parallèle, sans aucune limite.

Ingos et Végas mangèrent quelques victuailles, ensuite ils se placèrent dans la pièce du partage. Cet endroit était destiné à mettre à jour et à transférer leurs connaissances acquises dans la journée ainsi que leurs émotions. Au milieu de la pièce, un faisceau lumineux de la largeur d'une main, de couleur bleue, montait du sol au plafond sans aucune trace particulière à sa base ni à son sommet. La structure du bâtiment le diffusait et l'absorbait en même temps. L'air lui-même était potentiellement utilisé comme réseau diffusant cette lumière.

Ils s'assirent en tailleur de part et d'autre. Le bleu du rayon était parcouru de bas en haut par de petites zones d'ombre sur toute sa circonférence à intervalles irréguliers. Au bout de quelques instants, deux plus petits rayons se placèrent sur leur front en provenance du faisceau central. Ils étaient très détendus et avaient les yeux fermés. Ils visualisèrent et mémorisèrent rapidement par ce biais toutes les informations qui leur étaient transmises, en même temps qu'ils transmirent les leurs. Le processus dura moins d'une minute, juste le temps d'indexer ces nouvelles données. Tous les évènements de la journée et de la nuit précédente furent partagés. Puis, les lumières qui allaient du faisceau principal à leur front disparurent. Ils se frottèrent le visage et se redressèrent d'un coup. Sans montrer le moindre effort. Au même moment, un message d'appel se fit entendre.

-Veuillez-vous rendre à la *Jonction.* L'intervention planétaire va commencer.

Ingos et Végas en se tenant par la main se dirigèrent depuis une pièce de leur lieu de vie vers *la Jonction* de leur demeure par un passage réservé à cet effet. Tous les logements y étaient reliés. Chaque couple résidant dans ce bâtiment en fit de même. *La Jonction* était un dôme lui aussi traversé en son centre par un rayon lumineux d'un diamètre égal à celui de deux hommes se tenant les mains l'un en face de l'autre. Sa lumière était blanche et très concentrée, mais elle n'était pas éblouissante. Ce qui laissait les murs de la salle presque dans l'obscurité. Cet espace commun était spacieux et pouvait accueillir tous les occupants du bâtiment. À quelques pas de son centre, des couples étaient déjà assis en tailleur à même le sol sur des cercles de couleur ayant pour axe ce rayon. Il y avait en tout cinq cercles sur lesquels se plaçait un couple, l'homme et la femme se positionnant de front. Chaque couple décalé du précédent suivant le schéma d'une spirale. La coupole du dôme était transparente et laissait passer la lumière à travers une ouverture, mais isolée de l'extérieur par un fluide d'air. De chaque bâtiment sortait un rayon. Puis, ils fusionnaient en un point commun à l'extérieur en montant dans le ciel de la cité, pour se concentrer plus tard en un unique faisceau qui continuait à son tour le lien vers un autre rayon d'une autre jonction, dans une autre cité proche. Et cela jusqu'à ce que toutes les cités sur Terre soient reliées. Lors de ces interventions, la Terre était entourée de rais lumineux s'entrecroisant comme les fils d'une toile d'araignée. Vue de l'espace, elle brillait presque comme une étoile.

L'intervention de la *Conscience* commença. Elle communiquait par les messagers disposés sous le dôme à espace régulier. Elle avait la voix d'une femme. Les thèmes soumis par la lumière, bien qu'audibles, n'étaient pas discutés oralement, mais mentalement et validés ainsi par chacun. Chaque personne était maintenant connectée au faisceau central. La liaison à la *Conscience* était de plus en plus lumineuse.

-En ce jour du deuxième millénaire avant l'extinction de l'astre solaire, voici les thèmes à approuver par l'ensemble de l'humanité :

-Le temps estimé avant la transformation du soleil en géante rouge est de deux mille et onze années. Cela, d'après les derniers paramètres analysés. Aucun changement n'est à reporter. L'envoi d'émissaires pour finaliser l'accord de relocation sur notre nouveau monde est arrêté à l'an mille avant la transformation. Deux mondes ont été retenus.

-Demain, lors du nouveau cycle du départ, neuf cent vingt-cinq mille humains partiront. La célébration se fera par le dernier parcours et aura lieu dans chaque cité.

Les descriptions et justificatifs de l'analyse n'étaient pas exposés, car chacun en avait eu conscience et chacun en était la source lors des séances du partage. Mais à chaque fin du thème, l'algorithme de raisonnement était formulé de façon succincte. Cela déclenchait quelquefois parmi l'assistance quelques expressions. Une respiration plus forte, des hum et parfois des oh, quelques petits mouvements oculaires, mais le plus souvent chacun restait impassible.

-Dans deux jours, le cycle du commencement. Neuf cent vingt-cinq mille humains sont attendus dans les réceptacles. Population stable. Deux milliards cinq cent mille humains.

Le renouvellement de la population se faisait en deux cent vingt-cinq années environ à raison d'un cycle tous les mois. Il y avait quelques variations dans le nombre d'humains selon les cycles.

-Votre *Conscience* vous apporte la sérénité. Fin de l'intervention planétaire.

Un bref bruit de vent conclut l'intervention. Le rayon disparut plongeant la salle dans l'obscurité pour quelques secondes. Puis, une lumière douce provenant des murs naquit et éclaira à nouveau le dôme. Les hommes et les femmes se levèrent. Tout le monde se salua en inclinant légèrement la tête, tout en regardant dans les yeux ceux qu'ils saluaient. Bien que ces humains aient des âges différents, chacun avait une apparence jeune et aucun signe ne donnait à penser que certains pouvaient être dans leur 250e année. C'était le cas d'un couple, Fanty et Barromo. Ils étaient proches du dernier parcours. Barromo prit la parole.

-Chers semblables, mes très chers humains, le jour de notre dernier parcours est arrivé. Nous nous réjouissons de sa venue.

-Oui, nous nous en réjouissons, confirma Fanty, la compagne de Barromo.

-Soyez remerciés de votre présence tout au long de notre vie, continua Barromo.

-Nous avons l'espoir de rester dignes en cette fin de cycle. Nous nous surpasserons en votre honneur. À demain, dans la vallée du *Dernier souffle*. Il finit ainsi son message. Fanty prit la main gauche de son compagnon. Le couple s'inclina et regagna son logement.

Le bonheur se lisait sur les visages de cette communauté. Tous souriaient et personne n'était triste. De brèves exclamations de joie s'échappèrent de leur bouche, puis chaque couple retourna chez lui. La nuit tombait sur la cité de *l'Envol*. Végas, de retour au foyer, s'adressa à Ingo.

-Penses-tu que nous allons être choisis pour ce prochain cycle du commencement ?

-Non, je ne crois pas, nous n'avons que vingt ans et en général, le cycle du commencement est attribué aux couples dont les partenaires ont au moins cinq ans de plus. Mais ne t'inquiète pas, notre tour viendra.

-Je ne m'inquiète pas Ingo, je me réjouis simplement de ce jour.

-Moi aussi Végas. Moi aussi.

Ingos posa sa main droite sur l'épaule de sa compagne en souriant et en la regardant dans les yeux. Ils se dirigèrent vers la terrasse. Le ciel était clair, la lune illuminait la vallée. Les deux humains contemplaient le satellite terrestre, tout en écoutant les mélodies de la nature aux alentours. Chaque bruit était perçu par leur cerveau comme un apaisement. Ils restaient là, sans bruit, contemplant le ciel étoilé en respirant lentement et profondément. Puis, quelque temps après, ils rentrèrent et se couchèrent. Leur lit s'était structuré pour la nuit, leur combinaison quant à elle s'était déstructurée. La surface de leur couche reflétait le ciel étoilé visible à travers la fenêtre et éclairait de doux scintillements le plafond de leur chambre. Les deux corps nus se glissèrent à l'intérieur et s'enlacèrent.

Le lendemain matin de bonne heure, toute la cité se rendit dans la vallée du *Dernier souffle* à l'extrémité de la leur, celle de la *Vie*, pour assister au cycle du départ.

Il n'y avait que Fanty et Barromo de la cité de *l'Envol*. Les autres couples venaient d'autres communautés des alentours. Le dernier parcours consistait en une course par couple dont le but était de suivre un *Guide* jusqu'au saut final. Le *Guide* se matérialisait sous la forme d'une grosse libellule de multiples couleurs. Le chemin parcouru devait faire ressentir une dernière fois les émotions que seul le corps humain avait pu transmettre en tant qu'hôte de la vie.

Il y avait cinq couples au départ de la vallée. Tous étaient prêts à s'élancer, leur *Guide* se tenant en vol stationnaire devant eux. Ils se trouvaient sur le haut d'une falaise. À sa base, environ cent mètres plus bas, il y avait un lac. Le ciel était resplendissant. Les spectateurs étaient regroupés sur des gradins, structure temporaire pour cet événement, aux abords de la vallée. Il y avait également des écrans diffusant les images sous plusieurs angles des différents couples et de leur *Guide*. D'innombrables messagers assuraient la diffusion des paroles de la *Conscience Commune*. Des évènements semblables se déroulaient en même temps dans toutes les communautés terriennes de toute la planète, de nuit comme de jour.

Fanty, Barromo et les autres couples étaient vêtus d'une combinaison couleur or. Ils saluèrent la foule qui répondit par des cris de joie et des mains levées. La voix de la *Conscience* se fit entendre.

-Soyez salués chers frères et sœurs ! Accomplissez votre destin maintenant.

Tous plongèrent sans aucune hésitation dans le lac en contrebas, les *Guides* en tête. Les plongeons étaient parfaits, la pénétration dans l'eau optimale, à peine quelques éclaboussures témoignant du passage des corps de l'air à l'eau. Les libellules avaient plongé aussi. Une fois dans l'eau, plutôt que de remonter à la surface, les hommes et les femmes nagèrent en profondeur, à vingt mètres environ et atteignirent le fond. Un banc de poissons les regardait sans être effarouché. Les écrans diffusaient les images du fond du lac parcouru par ces nageurs et nageuses qui progressaient dans une eau limpide, traversée par les rayons du soleil où la faune et la flore s'épanouissaient. Tout cela enchantait la foule. Ils continuèrent pendant deux minutes environ et remontèrent sur les berges pour la suite. Il n'y avait pas de temps mort et la course continuait à un rythme soutenu. En pleine possession de leurs moyens physiques, ces hommes et femmes coururent à grandes foulées, mais avec légèreté, à travers des herbes hautes pendant une dizaine de minutes. Fanty et Barromo étaient les premiers, les suivants étaient juste derrière. Le couple arriva aux pieds d'un petit canyon dans lequel l'eau du lac s'écoulait. Il y avait un passage le long des falaises abruptes. La descente s'effectuait par des sauts et escalades, pieds et mains nus. La paroi de rocher s'enfonçait sur une centaine de mètres. Les guides restaient au niveau de leurs suivants. Soudain, un homme plus en arrière glissa et tomba dans le vide. La communauté s'exclama, mais son *Guide* plongea pour le secourir et le rattrapa au vol. Il remonta et replaça l'homme à l'endroit même où il avait glissé, afin qu'il reprenne l'épreuve. Le but n'était pas de trouver la mort par accident. La mort était un choix et ce parcours le moyen d'y arriver dignement. L'homme se remit en marche, sa compagne l'avait attendu un peu plus bas.

Une fois la falaise dépassée et sortis du canyon, Fanty et Barromo pénétrèrent dans une forêt de grands arbres parcourus de larges chemins. Ils couraient côte à côte, se regardant de temps à autre, les yeux pleins de bonheur. Ils ressentaient la vie de tout leur corps, de tout leur esprit. De nombreux oiseaux chantaient à leur passage, des mammifères étaient alertés par leurs courses, prêts à s'enfuir si nécessaire. Leur vitesse augmentait pour suivre leur *Guide* qui se faufilait à travers bois. Devant eux, une grande lumière. Elle les éblouissait presque. Le soleil brillait et ses rayons trouaient la cime des arbres. La forêt devenait plus claire et moins dense. À ce moment-là, Barromo prit la main de Fanty pour ne plus la lâcher. Ils redonnèrent une impulsion supplémentaire à leur course, comme pour ressentir plus fortement ces derniers instants de vie. La libellule devant eux s'éleva en altitude. La lumière du soleil était de plus en plus forte. On distinguait la fin de la forêt. Ensuite, une prairie traversée d'un chemin qui rejoignait par la gauche la rivière, laquelle se déversait un peu plus loin de cette falaise sans fond. Plus bas, une nouvelle cascade s'écrasait dans un brouhaha infernal tout en vaporisant l'eau dans les airs, laissant apparaitre un arc-en-ciel. Le couple atteignit le bord et sans s'arrêter s'élança dans un ultime plongeon. Leur *Guide* piqua en direction du couple et s'arrima à eux. Les deux corps restaient bien groupés, l'une de leurs mains en avant, jointe à celle de l'autre, qui dessinait la pointe d'une flèche. Leur autre main libre restait le long de leurs corps, la libellule placée sur leur dos les ailes déployées. Alors qu'ils arrivaient presque en bas de la falaise, un éclair de lumière effaça leur corps de ce monde. Il y eut encore, peu après, quatre éclairs successifs dans le tumulte de la chute d'eau. La foule se leva et salua la fin de parcours de ces hommes et de ces femmes.

Un regroupement de messagers s'effectua juste après. Ce n'était pas le protocole habituel. La *Conscience Commune* fit une annonce.

-Attention ! Attention ! Attaque de Wargos imminente. Attention ! Attention ! Attaque de Wargos imminente. Défense mentale nécessaire. Soyez prêts!

Wargos.

Tous les humains présents s'étaient positionnés avec la rapidité de l'éclair en petits groupes de quatre à huit personnes. Toutes les structures de l'évènement disparurent les unes après les autres. Plusieurs unités montèrent dans les airs à l'aide de transporteurs. Très vite tout le monde fut prêt et regardait le ciel. D'un peuple pacifique et joyeux, ils étaient devenus des soldats, bien décidés à se défendre. Tous avaient sur leur tête un casque qui s'était matérialisé. Sa forme était composée d'antennes, au nombre de quatre. Elles partaient du centre de l'os pariétal, deux s'appuyant sur leurs lobes frontaux. Les autres s'appuyaient sur le haut de l'os occipital. Deux tubes les joignaient par les côtés pour former un cercle autour de leur tête. Ce casque servait aussi à assurer la communication entre les soldats et la *Conscience*. Toutes les informations étaient diffusées dans ce réseau de défense qui venait de se créer. Une liaison souple en forme de fil s'était assemblée avec leur collier. Ce collier contenait une série d'ordres préprogrammés qui se substituaient au réseau perpétuel. Il permettait de générer rapidement des structures comme des transporteurs pour le besoin d'un humain. La flotte d'éclaireurs, elle, était déjà à une altitude de 10000 mètres environ. Ces éclaireurs essayaient de déceler les portes d'entrée des Wargos aux confins de la troposphère.

-Le nombre des Wargos est élevé. Il est supérieur à la moyenne des derniers combats, transmit la *Conscience* à toute la communauté.

Un homme communiqua.

-Demande vingt unités supplémentaires sur transporteurs, immédiatement.

Aussitôt cette demande fût transformée en ordre et dirigée vers des soldats choisis de façon précise. Les hommes et les femmes désignés sautèrent dans leur structure volante qui venait de se matérialiser à leurs pieds. Soudain, plus haut dans le ciel une tache apparut, une tache rouge. C'était comme du sang qui coulait d'une blessure et se répandait dans une compresse de gaze hydrophile. À la frontière de la stratosphère, une plaie s'était ouverte. Le sang s'écoulait en formant une colonne de globules géants en direction de la Terre. Les Wargos avaient pénétré l'atmosphère terrestre sans encombre. De forme ronde, d'apparence visqueuse, ils étaient entourés d'une membrane transparente recouverte de longs filaments et remplie d'un élément liquide dans lequel leur corps flottait. Ils se gonflaient, puis se dégonflaient de façon irrégulière. Par leur légèreté apparente, ils tombaient en douceur. Néanmoins, ils progressaient rapidement. Ces organismes extraterrestres étaient arrivés dans la voie lactée, il y a quelques millions d'années. Comme un virus, ils se multipliaient rapidement en présence de lumière et d'oxygène. Ils erraient à travers le cosmos en fonction des forces et courants énergétiques de l'espace, à la recherche d'opportunités gazeuses, consommant les fluides nécessaires à leur vie, puis ils repartaient à travers le cosmos. Lorsque, par chance, ils trouvaient ce qu'ils cherchaient, leur nombre décuplait. D'autres infortunes les décimaient. Ces derniers temps, ils rôdaient dans le système solaire loin de leurs territoires habituels, sans que la *Conscience Commune* n'ait trouvé une explication rationnelle à cela. Leur corps résistant au vide de l'espace et supportant n'importe quelle pression physique ne les rendait cependant pas immortels. En ces lieux, sur Terre, ils ne supportaient pas l'énergie mentale que les hommes et les femmes généraient. Cette émanation de la pensée produisant une force qui s'infiltrait dans l'organisme des Wargos, elle les faisait imploser. Cette force était pour un humain à peine perceptible. Il fallait qu'il soit en phase méditative pour la percevoir, mais les Wargos, eux la ressentaient fortement. Cette sensation leur était fatale.

-Attention ! Attention ! Nouvelle invasion à l'est, à cinq cents mètres de la première entrée.

De nouveaux transporteurs montaient dans les airs. Le rôle des éclaireurs était de contrôler le flux des Wargos pour les attirer vers les groupes de soldats au sol. Ils encerclaient les deux entrées de leurs ennemis et formaient une sorte de spirale descendante autour d'eux. Les premiers globules arrivaient à terre vers les humains. Pendant cette descente, profitant de la lumière et de l'oxygène, les Wargos se multipliaient. Il n'y avait aucune interaction avec les hommes. L'élimination commença. Au bas des deux colonnes rouges contrôlées par les éclaireurs, les groupes d'humains étaient disposés en cercle. Ils regardaient le centre, debout, les mains sur leur ventre, ils ne faisaient rien d'autre que de suivre leur respiration, mais cette attention propageait leur force mentale, force invisible qui formait un filtre destructeur pour ces organismes vivants venus de l'espace. À cinquante mètres plus haut, les effets de la force mentale des hommes se faisaient déjà ressentir. Les Wargos implosaient sans bruit, les uns après les autres. Bientôt, leur flux s'estompa. Les plaies rouges du ciel disparurent. Au bout de quelques minutes, le bleu du ciel resplendissait à nouveau au-dessus de la vallée du *Dernier souffle*.

-La menace est repoussée. Les Wargos ont été éliminés de l'atmosphère et ils quittent l'attraction de notre planète. Votre *Conscience* vous salue.

Tous levèrent en même temps leurs bras et poussèrent dans un ensemble parfait un cri de victoire.

-Aaaah !

Le lendemain au milieu de l'après-midi, dans une des pièces du cycle de commencement, située dans l'une des maisons communes de la cité, un couple se préparait pour la conception d'un nouvel être. Cette pièce, sans fenêtre, mais dont tous les murs ainsi que le plafond scintillaient de milliers de petites lumières de couleurs changeantes à un rythme régulier, avait en son centre, dessiné sur le sol, un cercle blanc. Deux rayons lumineux provenant du haut de la pièce, l'un en face de l'autre, suivaient son pourtour lentement. Une musique douce mêlée de chants dans une langue ancienne complétait cette mélodie. Un homme et une femme rentrèrent lentement dans cette pièce. À ce moment, un réceptacle se matérialisa au-dessus du sol. Il avait la forme d'un œuf, grand comme la moitié d'un homme, de couleur grise et duquel deux longs bras terminés par des mains lui donnaient presque une apparence vivante. Cette structure flottante invitait par un signe de ses membres, Gedas et Merkimos, jeune couple âgé de vingt-cinq ans, à s'asseoir sur la forme circulaire. Ils se placèrent au sol en lotus. La femme et l'homme tenaient chacun dans l'une de leurs mains, une des extrémités offertes par le réceptacle. Ils joignirent leurs mains restées libres pour former le cercle du commencement. Les deux rayons lumineux se fixèrent sur Gedas et Merkimos au niveau de leur tête. Le rythme de la musique changea. Les lumières de la pièce s'allumaient et s'éteignaient de sorte que des formes diverses apparaissaient sur les murs. Il y avait des ensembles géométriques, des animaux, des galaxies, des planètes et des êtres humains. Le réceptacle avait, sans qu'ils le ressentent, inséré un petit tube dans le dessous de leurs poignets. On pouvait distinguer quelques gouttes de sang le traverser et s'écouler en direction de la matrice. Le sommet s'ouvrit pour accueillir une sorte d'organe veineux descendant du plafond. La musique devint plus forte. Au moment de la connexion, le couple entra dans un état second. L'homme et la femme se mirent à faire rouler leur nuque sur leurs épaules sur le même rythme, les paupières fermées. Le réceptacle se remplissait par le haut, d'un liquide bleu translucide qui prenait sa source directement du plafond de la pièce et qui s'écoulait à travers le cordon par lequel l'œuf était connecté. Il était parcouru par de multiples rayons de lumière qui prenaient cette fois-ci naissance dans les murs. Ils s'étaient concentrés sur l'œuf. Gedas, la femme cessa ses rotations de tête et ouvrit les yeux, puis Merkimos fit la même chose. Leur respiration s'accéléra. Leur regard plongé dans celui de l'autre, respirant de plus en plus profondément, ils commencèrent à ressentir des spasmes au niveau du ventre. Des contractions gonflaient et contractaient leur abdomen. La mélodie s'estompa au profit d'un rythme dans des tons de basse, plus soutenu et plus rapide. Les traits de lumière provenant des parois de la pièce firent place à une lumière stroboscopique. Le couple haletait. Le sang des humains commençait à se mélanger au liquide de l'œuf. À ce moment-là, les deux aiguilles enfoncées dans leurs avant-bras se retirèrent. Les membres de la structure accompagnèrent les mains des deux humains qu'elles avaient tenues vers celle de leur partenaire. Gedas et Merkimos ne faisaient plus qu'un à présent. Brièvement, un faisceau lumineux provenant du sol pointa les yeux de Merkimos, qui comme un miroir le renvoya dans ceux de Gedas pour terminer sa course au centre de la structure. Il y eut quelques flashes provenant du plafond. Ensuite, les rayons s'estompèrent. Ils retrouvèrent peu à peu une respiration normale. La salle était maintenant obscure. Il n'y avait plus de musique, mais juste le bruit d'une goutte d'eau tombant dans une flaque à intervalles réguliers. D'une on passa à deux, puis à quatre, puis à huit et après quelques instants, on distingua le bruit sourd d'une cascade. Une fois la chute d'eau terminée et le calme revenu, le bruit de milliers de bulles traversant le liquide contenu dans l'œuf remplissait la pièce. Ce bouillonnement dura quelques instants.

Le couple s'était endormi en position assise. Un peu plus tard, la lumière revint dans la pièce. Une ambiance de forêt accompagnait la douce montée en intensité de la lumière. L'œuf était devenu opaque, l'embranchement qui le reliait au plafond avait disparu. Il avançait dans l'air au milieu du cercle, les bras repliés sur lui-même et se plaça au niveau des humains, tout près du sol. Un léger craquement se fit entendre. Le réceptacle s'ouvrit en deux par le haut, tout en se transformant doucement en couffin. En son milieu, un nouvel être. Il avait l'apparence d'un petit enfant âgé de deux ans environ. Il était assis les yeux fermés et dormait les bras et mains recroquevillés sur son torse. Il y avait son père et sa mère à ses côtés. Après une grande respiration, il ouvrit les yeux et tendit ses bras vers chacun de ses parents. Gedas se releva et le prit dans ses bras. Merkimos, relevé lui aussi, lui passa la main sur sa tête sans cheveu.

La voix de la *Conscience* se fit entendre dans la pièce.

-Félicitations Gedas et Merkimos, voici Tominos, votre petit garçon. La *Conscience* te salue Tominos.

-Bonjour, répondit le petit Tominos.

L'homme regarda cet enfant.

- Bienvenue sur Terre Tominos. En souriant.

-Venez ! Rentrons maintenant !

Dehors, plusieurs couples sortaient aussi avec un petit enfant dans les bras. Ils allaient changer de logement et passer sur la rive droite de la cité. Toutes les naissances se produisaient de cette façon. L'externalisation, de la conception à la maternité, était dévolue à la *Conscience Commune*. Cela faisait partie de son mandat. Toute autre forme de conception n'était mentalement pas envisagée par ces hommes et ces femmes, donc impossible, car faisant partie de leur propre conscience. Celle-ci le contrôlait lors du partage de connaissance.

L'éducation de ces petits garçons et filles allait commencer dès à présent. La connaissance, ils la possédaient intrinsèquement. Leur développement passait par des séances individuelles dans la chambre du partage où l'indexation de leur savoir s'effectuait. Il y avait en plus des exercices de groupes basés sur des jeux afin de parfaire leur épanouissement physique. Le maniement des transporteurs, de l'araignée et du dauphin. L'araignée permettant un déplacement terrestre dans des lieux accidentés avec rapidité; quant au dauphin, il offrait la possibilité d'évoluer très rapidement dans un milieu aquatique. Les arts de la guerre n'étaient pas oubliés, bien que la Terre soit en paix. L'expérience de l'humanité ne pouvait sous-estimer l'imprévu. L'humanité avait signé un pacte avec des sociétés extraterrestres susceptibles de les menacer ou de les accueillir, mais les Wargos étaient un exemple qui justifiait cet enseignement des arts martiaux. Les humains n'avaient pas d'armes d'attaque, mais tout un arsenal de techniques et structures défensives. De la toute simple comme le casque à la plus puissante et compliquée comme les vaisseaux spatiaux. Tout cela faisait partie de l'apprentissage de ces enfants.

À l'âge de douze ans, un enfant possédait déjà une grande maîtrise des connaissances. Il était prêt pour son voyage initiatique à travers toutes les émotions humaines. La *Conscience Commune* l'amènerait virtuellement à se confronter à chacune d'entre elles et à en comprendre son origine ainsi que les implications futures qu'elles pourraient avoir sur son comportement. Le but étant de ne jamais se laisser influencer irrationnellement et devenir l'objet de passages mentaux qui puissent déclencher une conduite réactive non souhaitable et non consciente. Un jeune homme immergé dans cet univers, pendant sa phase d'initiation, allait expérimenter l'essence de la vie d'un être humain. Plus loin encore, il allait aussi connaître et expérimenter tous les sentiments, bons et mauvais. Pour chacun, de multiples enseignements. Une fois l'initiation terminée, il rentrerait dans une phase dite de stabilité. C'était la phase de la vie d'un humain la plus longue. Elle durerait jusqu'au cycle du départ. Une vie de stabilité et de sagesse en quelque sorte.

Les mois passaient, l'hiver s'était installé dans la vallée de la *Vie*. Bientôt la célébration de la nature allait avoir lieu. Le calme de l'hiver en sera perturbé.

La porte du ciel.

En ce jour du solstice d'hiver, chaque cité organisait la fête de la nature. Les habitants de la communauté de *l'Envol* avaient l'habitude de se donner rendez-vous en fin d'après-midi pour la célébrer sur un plateau désertique situé en altitude. Au centre de cet espace se trouvait une place, une immense place. Elle était délimitée par des pics rocheux au nombre de douze. Le plus grand d'entre eux mesurait huit cents mètres de haut. À ses côtés, la taille des autres diminuait de façon égale, de cent mètres à chaque fois jusqu'au dernier monolithe, le plus petit du cercle. Il mesurait le quart du plus imposant qui se trouvait en face de lui. Chaque pic était séparé des autres à sa base par un espace plat. L'ensemble peignait de ses dents la neige qui recouvrait l'endroit. Ces colonnes naturelles, disposées en rond, la plus grande pouvant se coucher deux fois en long avant de toucher la plus humble, formaient une sorte de couronne du roi, voire un cadran géant vu du ciel. Autour de ces blocs, un chemin en colimaçon menait à leur sommet. Une aire plane sur chaque pic coiffait ces géants de pierre. Elle pouvait accueillir trois cents humains sans qu'ils soient serrés. On appelait ce lieu, la *Porte du ciel*.

Au fur et à mesure, les humains de la cité arrivaient. Le sol de la porte changeait. En lieu et place de neige et de terre, un parterre ayant l'aspect du marbre s'était structuré. Les couleurs de ses veines étaient bleues et certaines grises sur de grandes taches blanches. Entre les colonnes, des habitations se créaient afin d'abriter toute la population. Même si la fête ne durait qu'un jour, la *Conscience Commune* structurait l'endroit de logements pour que chacun y trouve un chez soi. À peine arrivés, les enfants grimpaient déjà à l'aide de leur araignée sur les chemins tournoyants qui menaient à la cime des douze pics. Les araignées, de petits transporteurs terrestres à huit pattes extensibles, s'ajustaient à leurs pieds et leurs mains automatiquement. Ces extensions de membres autorisaient un déplacement dans toutes les positions et sur tous les terrains. Les plus grands escaladaient directement les parois des dents, à la verticale. En haut, d'immenses tyroliennes qui s'étaient structurées, offraient la possibilité de se lancer dans le vide pour passer d'un bloc à l'autre. On partait du bord et l'on arrivait au milieu de l'aire inférieure. La plus visitée était celle qu'on appelait le *Grand vol.* Seuls ceux qui, l'année suivante, deviendraient adultes, pouvaient s'en élancer. Un vol suspendu à la vitesse d'un rapace descendant en piqué, du grand rocher au plus petit. Leur harnachement était une libellule, presque comme celle qui servait de guide lors du dernier parcours, mais celle-ci ne volait pas. Elle glissait le long d'un câble très fin, de couleur noire et translucide. Les bras écartés, les jeunes humains expérimentaient ce grand saut.

Les adultes conversaient sur la place, profitant de cette vision féérique. De-ci, de-là, des fontaines de boissons aux herbes précieuses, entourées de stands de victuailles, les invitaient à se désaltérer et se nourrir, ravitaillés par des porteurs munis de bras, sorte de transporteurs pour marchandises uniquement, qui amenaient le nécessaire à des humains qui les guidaient pour la disposition. Toutes nourritures et boissons étaient appropriées à une occasion ou à un besoin. Les aliments de base des humains de ces temps lointains étaient l'eau, les herbes et huiles précieuses, des fruits et légumes et des céréales. Le tout complété par des épices aussi diverses que variées. Ils étaient de fins cuisiniers et combinaient à merveille les divers mélanges possibles entre tous ces ingrédients. La cuisine était l'une de leurs activités principales, avec le jardinage et le partage de connaissance. La méditation et le jeu suivaient. Bien qu'ils soient aidés par leur *Conscience Commune* pour leur logistique, par la création et la gestion de structures propres à la cuisine, comme des fourneaux, cette activité noble était presque en totalité assurée par le bon soin des hommes et des femmes.

Il neigeait doucement à présent, mais toute la place et les colonnes étaient sous la protection d'un fluide d'air. Une coupole transparente recouvrait ce lieu. En plein centre de la place, Ingos et Végas regardaient autour d'eux et dans le ciel. Il faisait nuit maintenant. Des bulles de lumières bleues, drapées de filaments scintillants, éclairaient la place depuis peu. Elles se déplaçaient telles des méduses en eau profonde dans tout le périmètre de la place. Il y en avait des centaines, de différentes tailles. Par moments, elles changeaient de couleur et d'intensité. Plus haut, proche des sommets, on pouvait croire que les enfants volaient, ne distinguant plus les tyroliennes sur la noirceur de la nuit. La majesté des lieux, de par les douze dents de la couronne du roi, imposait un profond respect. Tous les habitants de la cité de *l'Envol* étaient arrivés. La célébration allait commencer.

Orchestrée par la *conscience*, une immense sonnerie très grave se fit entendre. Elle provenait de la grande colonne. Une sonnerie de cor, comme un très gros instrument. Tous les enfants rejoignirent le parterre de marbre et se dirigèrent vers l'une des fontaines, puis s'y empressèrent de boire une coupe aux herbes précieuses, coupes qui venaient de se structurer pour l'occasion. Les adultes en firent de même, tout le monde en but. Une deuxième sonnerie résonna, plus aiguë, qui provenait cette fois de la plus petite colonne. Ensuite, l'enchainement des sonneries, de tons différents mais harmoniques, provenant des douze pics, assorties d'harmonies de cordes provenant des câbles des tyroliennes, créait une musique à la mélodie lancinante et rythmée. Les hommes, femmes, enfants et jeunes adultes s'étaient répartis de façon régulière sur le parterre. La couleur de leur combinaison était devenue argentée et reflétait la lumière bleue des bulles flottantes. Le sol prit l'aspect d'un miroir, mais ne s'y reflétaient que le ciel, les étoiles et les globes de lumière. Aucun humain n'y paraissait. Il y eut une grosse vibration provenant directement du sol et à ce moment-là, les humains se mirent à flotter debout dans les airs à quelques mètres du miroir. Sans en être perturbés, ils commencèrent à danser. Leurs bras bougeaient de haut en bas, (avec une fois le droit en l'air et une fois le gauche en bas et une fois le gauche en l'air et le droit en bas, puis ils les levaient en l'air avec les mains tendues pendant qu'ils faisaient onduler leur colonne vertébrale dans la verticale. Leurs genoux se pliaient et se dépliaient sur un rythme binaire qui complétait cet air envoûtant. Il était chaotique mais harmonieux. Tous leurs mouvements étaient identiques et parfaitement synchronisés. Les lumières bleues se déplaçaient par à-coups selon le tempo, décrivant le contour d'une forme hexagonale. Tous étaient dans une sorte de transe, baignant dans le son diffusé avec force, de façon égale, sur la place entière. Le miroir du sol changeait de couleur lui aussi, du noir étoilé, il passait à une couleur orangée avec une luminosité intense. La lumière se transformait en rayon montant de la terre jusqu'au ciel. Les gens de la cité de *l'Envol* en étaient submergés. La lumière était si forte qu'elle transperçait le ciel, mais personne ne souffrait d'éblouissement. À l'intérieur de ce faisceau, les humains faisaient corps avec la Terre et le ciel. La *Porte du ciel*, lieu où l'on rendait hommage à la nature, lieu de jonction avec le cosmos où l'énergie de la danse était offerte à l'univers. Telle était la signification de ce rituel ancestral. Les humains se sentaient bien, ils accomplissaient quelque chose d'important pour eux. Toutes les cités célébraient ce jour et de tous ces endroits, les faisceaux de lumière montaient dans l'infini. La Terre rayonnait.

Plus loin, beaucoup plus loin dans le système solaire, une étoile brillait également. Le soleil, astre merveilleux, donneur de vie et de mort à la fois. Cette boule de feu, de puissance et de lumière, devait contempler la petite planète Terre et ses festoiements. Mais, ce jour de fête, il n'en avait cure. Un autre évènement allait se passer, quelque chose qui n'avait pas été prévu par les hommes, du moins, pour ce jour précis. Le soleil commença subitement sa transformation en géante rouge. Une explosion se produisit au centre de l'étoile, une explosion dont aucun humain ne pouvait imaginer la force qu'elle engendrait. Des éruptions solaires suivirent et propulsèrent dans l'espace des jets de matière ionisée, accompagnés de rayonnements d'une intensité inhabituelle. Dans un premier temps l'étoile fut prise de convulsions, puis ensuite, termina sa mutation par un bref tremblement, un spasme au niveau du cosmos, mais un avertissement pour la Terre. Le soleil venait de gagner mille kilomètres de diamètre. Quelques minutes plus tard, les vents solaires transportaient sur Terre les particules qui provoqua la plus grande aurore terrestre, puisqu'elle recouvrait tout le ciel de cette planète. À la *Porte du soleil*, la cérémonie continuait. Au milieu de leurs lumières, les hommes ne s'étaient aperçus de rien. Plus loin dans la plaine, proche de la vallée de la *Vie*, une chouette contemplait ce spectacle. Des millions de petites lumières traversaient le ciel. Qu'est-ce que cela pouvait-il bien signifier ? Le savait-elle ? Calme et sans s'affoler, elle poussa un cri et dans la nuit s'envola.

Quelques jours plus tard, Ingos et Végas discutaient dans la prairie, à l'orée de la forêt, là où ils avaient l'habitude de méditer. Lors des séances du partage, chacun avait été informé de la nouvelle évolution de l'astre solaire. Les paramètres avaient changé brutalement. En lieu et place des deux mille et onze années prévues, le début de la transformation en géante rouge avait déjà commencé. La *Conscience* avait estimé que les premiers effets négatifs pour la vie sur Terre allaient se faire sentir dans six mois et qu'il en faudrait six de plus pour que toute vie sur Terre ait disparu. Ensuite la Terre commencerait à bruler.

-Ingos, qu'allons-nous devenir ? Le sais-tu ?

-Nous allons trouver une solution Végas, tu l'as perçu comme moi, il y a des alternatives à notre monde et bientôt des citoyens et citoyennes de notre société partiront en éclaireurs, afin de valider les accords conclus, il y a longtemps, avec d'autres mondes. La vie est possible ailleurs

-Oui, mais s'ils ne voulaient pas de nous ? Nous n'avons que six mois pour convaincre les mondes d'ailleurs. Avons-nous le choix ?

-On a toujours le choix ! La mort est inévitable, mais la vie est un choix Végas, conscient ou non c'est un choix. Ce choix, nous l'avons.

-Notre projet de naissance est mis en péril.

-Végas rien n'est mis en péril, fais-moi confiance. Nous avons notre *Conscience Commune*, elle nous permettra de nous sauver. Les scénarios seront réévalués, les contacts seront relancés, nous allons trouver un nouveau monde.

-Ingos ! Et la Terre, qu'en sera-t-il ? Les champs, les arbres, nos montagnes et nos lacs. Et la vie, tous ces êtres vivants vont-ils brûler comme du bois mort ?

C'est impossible, n'est-ce pas Ingos ? Tu me le promets, dis. Est-ce que tu peux me le promettre, s'il te plaît ?

Il ne répondait pas. Le désarroi de sa compagne pesait sur son cœur également. Pour la première fois de sa vie, un doute s'installa dans son fonctionnement de pensée. Après plus de huit milliards d'années, était-ce la fin ? Est-ce que le cours des choses devait s'arrêter là ? Après tout, c'était le cycle naturel, pourquoi lutter ? Il était plus simple de l'accepter. Toutes ces questions traversaient l'esprit d'Ingos. Même lui, fruit d'une longue évolution où sa société avait finalement appris à vivre dans une harmonie totale sur cette planète Terre, n'était pas capable aujourd'hui d'apporter une réponse claire à cette question fondamentale. Faut-il continuer la vie hors du monde qui l'a vu naître ? Est-ce qu'il y aurait encore un sens à tout cela après ? Ingos prit la main de Végas.

-Je te le promets, je ferai tout ce qu'il m'est possible pour sauver ce monde.

Paroxysme.

Ingos, comme tous les humains, suivait les recommandations de la *Conscience*. L'entité qui représentait leurs pensées et leur savoir proposait une suite d'actions dont le but était de perpétuer l'humanité et son monde. L'une des premières propositions approuvées lors des interventions planétaires était de rétablir le contact avec des mondes extraterrestres. Le nombre de mondes où la vie des hommes pouvait continuer, qui avaient été trouvés à ce jour, aussi loin que les explorations du cosmos avaient été menées, se chiffrait à deux. Beaucoup d'autres mondes avec des formes de vie avaient été découverts depuis le début de l'aventure spatiale humaine, mais parmi tous ceux-ci, deux seulement garantissaient une vie durable à l'humanité. Pour les autres, ce n'était simplement pas possible à long terme. Il aurait fallu muter génétiquement. Quant à ces deux mondes, bien que vivables, les différences étaient énormes entre leurs sociétés et celle de la planète Terre. Vivre, ils le pouvaient physiquement, mais le pourraient-ils mentalement et spirituellement ? Dès lors, les humains avaient préféré parfaire leur propre société et leur vie plutôt que de penser continuellement à leur fin. En ces temps anciens, ils estimaient que ces pactes signés étaient une garantie suffisante à la survivance s'ils arrivaient avec leur planète la Terre, à vivre et à atteindre la fin de leur étoile, le soleil. Tellement de choses pouvaient arriver entre-temps, qu'ils décidèrent à ce moment-là, de mettre fin aux recherches de vie extraterrestre. Aujourd'hui, il était temps de tout mettre en œuvre pour permettre à la vie de continuer sur ces mondes-là.

Il s'agissait du monde de Loudko avec ses trois planètes et de la planète Dsom72. Il fallait rétablir le contact et s'assurer de la validité de leurs conventions. Tout change, ici comme ailleurs. Selon les plans de la *Conscience Commune*, ils allaient envoyer dans un premier temps un groupe de mille couples vers le monde de Loudko. Ce nombre de personnes devait permettre une certaine puissance de réflexion nécessaire à ce voyage. La *Conscience* avait estimé qu'il fallait commencer par ce monde et qu'ensuite une autre mission partirait sur Dsom72. La *Conscience Commune* n'était pas uniquement destinée à la planète Terre, mais elle se déclinait en groupes également. La collaboration positive était la règle dans la société humaine de ces temps. Loin de leur planète natale, il y avait toujours une *Conscience Commune* du moment qu'il y avait plus d'un individu. Cette force, cette sagesse, l'homme les avait en lui. C'était ainsi depuis cent millions d'années.

Le monde de Loudko, composé de trois planètes telluriques, d'une étoile et de deux lunes, se trouvait au croisement du quatrième grand espace et du troisième univers. Il fallait sept jours en temps terrestre pour y arriver. En termes de distances physiques, on atteignait les limites de l'inconnu. Tout se mit en place aussitôt et deux semaines plus tard, la préparation du voyage arrivait à son terme. Les hommes et femmes sélectionnés commencèrent l'embarquement dans un grand vaisseau.

Les distances à travers le cosmos n'étaient plus depuis longtemps un problème logistique pour l'homme. L'intrication autonome qui pouvait être répliquée à l'infini sur tous les objets et êtres vivants de la planète Terre, faisait partie des sciences qui avaient été développées grâce à l'existence de la *Conscience*. Il s'agissait de les dupliquer avec toutes leurs propriétés, puis de faire voyager les originaux dans le lieu de destination, par intrication. Ils se substituaient alors à leur double transféré, puis il s'agissait de répéter cette équation jusqu'à la destination finale en conservant une intrication valide et temporaire pour le retour. L'énergie nécessaire à ce voyage n'était pas un problème car la propre énergie de l'objet et de son contenu suffisait. La substitution rendait à l'objet toute la partie de l'énergie qui lui avait été empruntée. Seuls les objets ayant une énergie instable comme les planètes vivantes, ne rentraient pas dans l'algorithme quantique de l'intrication autonome. Leur noyau en fusion n'était pas assez stable et en théorie cela n'était pas réalisable.

-Le départ est programmé dans une heure et douze minutes.

Message diffusé par les messagers autour du vaisseau qui avait été matérialisé dans une région désertique, à quelques heures de vol de transporteur de la cité de *l'Envol*. Les hommes et les femmes étaient venus de toute la planète pour assister à ces préparations. Il faisait beau ce jour-là. Parmi eux, Ingos et Végas. Tous, assis, l'esprit calme, contemplaient ce qui devait assurer leur avenir.

-Ce vaisseau peut être notre salut, commenta un jeune enfant en regardant le soleil qui se trouvait aligné juste au-dessus.

-Oui, Tominos, répondit le père à son fils.

-C'est peut-être notre salut.

Le vaisseau était énorme. En forme de coquille de noix, il avait l'aspect du jade poli, d'un vert foncé très vif. En plus d'éléments terrestres, pour sa matérialisation, des poussières cosmiques captées directement de l'espace par un rayon laser avaient été assimilées à sa structure. Dans les airs, autour du vaisseau baptisé pour l'occasion la *Licorne*, régnait une intense activité. Des hommes et des femmes embarquaient par plusieurs ouvertures se trouvant sur son flanc. Des structures portantes chargeaient dans des compartiments appropriés les provisions et les semences, car il s'agissait, une fois accomplie la validation du pacte, de préparer l'arrivée du reste des habitants de la planète Terre. Des hommes et des oiseaux seraient du voyage. Un groupe de colombes avait été choisi car, très sensibles, elles valideraient par leur survie, les objectifs de la mission. Des plantes, insectes et micro-organismes seraient transférés également dans ce nouveau monde ; ils assureraient l'acclimatation de leurs cultures. La destination initiale du vaisseau était prévue à l'espace frontière de Loudko, ceci afin d'éviter toute impression d'agression de la part des habitants de ce monde et d'assurer la compréhension de la présence de cet engin terrien sur leur orbite.

Le monde de Loudko avait des paysages de jungles et de prairies, de grands lacs et quelques chaînes de montagnes dont certains sommets atteignaient les vingt mille mètres d'altitude. C'était un monde sans glace ni neige, avec une température fluctuant peu, d'à peine quelques degrés, entre 18 et 24 degrés Celsius à toutes les altitudes, y compris dans les lacs et dans les mers. Chacune des trois planètes était dix fois plus grande que la Terre. Elles étaient alignées sur le même horizon cosmique. Les deux lunes, parfaitement identiques, parcouraient la même orbite en forme de huit. Évoluant à la même vitesse, mais opposées l'une à l'autre, elles visitaient chaque soir Gandor, la planète centrale. Leur similitude était telle qu'aucun nom ne le leur fut donné. Aux côtés de Gandor, Parkris et Mandawa les voyaient chaque soir en alternance. Ces deux planètes étaient en orbite autour de la planète centrale, elle-même en orbite autour de l'étoile Gabios, un soleil jeune. Le monde de Loudko était un monde récent, à peine âgé d'un milliard d'années terrestres. Ces trois planètes étaient reliées par un boyau atmosphérique d'une dizaine de kilomètres de diamètre. La planète Parkris était liée avec Gandor, elle-même liée avec Mandawa. La liaison s'établissait au niveau de l'équateur de chacune. Un gros tube d'air qui ne suivait pas leur rotation, mais qui était le lien permanent entre elles. Il permettait aux Wakys et Yonkos, deux espèces se distinguant des autres par leur créativité, de voyager sans aucun vaisseau spatial d'une planète à l'autre. Ils étaient capables de se déplacer très rapidement dans les airs par leurs propres moyens. Les organismes de Loudko maîtrisaient la gravitation. Tous pouvaient voler, même si tous n'avaient pas forcément des ailes. D'un point de vue biologique, la grande différence avec la Terre, était le fonctionnement d'espèces couple. L'une dépendait de l'autre. Cette alliance était règle et harmonie pure. Aucun des organismes vivants sur le monde de Loudko ne produisait de déchets. Les uns apportant leur l'énergie résiduelle aux autres. Sans ce transfert, tous mourraient. Deux espèces s'assemblaient pour n’en former qu'une lors de cet échange. Les plantes produisaient de l'eau en grande quantité ainsi que des fruits comestibles en permanence. Seules nourritures sur ce monde. L'apesanteur, l'atmosphère étaient identiques à celles de la Terre. Il y avait de l'eau et une terre cultivable. La faune résidante était variée, mais il n'y avait aucun animal de grande taille pour autant. Aucun prédateur. Ce mot n'avait pas de sens ici.

Les Wakys et les Yonkos ne considéraient pas les autres organismes comme leur étant inférieurs. Tous faisaient partie du même cycle de vie, tous venaient du même monde et naissaient de la même terre et tous mouraient au même endroit. Les Wakys étaient capables de communiquer avec chaque être vivant sur *Loudko*. Ils avaient une capacité artistique prononcée. Pour eux, ceci était un attribut, mais pas une différence. Ils avaient une forme humanoïde, mais ils étaient deux fois plus grands qu'un homme. Sans bouche et sans système digestif. Ils n'en avaient d'ailleurs pas besoin car les Yonkos les remplaçaient. Leur tête était composée d'un crâne carré sans cheveux et d'un visage rectangulaire aligné dans la verticale avec des yeux rouges enfoncés sous des arcades sourcilières protubérantes. Un nez à peine visible mais large, avec deux petits trous en guise de narines. Il surmontait une mâchoire robuste. Leurs joues étaient coupées de trois stries qui leur permettaient de respirer. Le tout placé au milieu de deux orifices latéraux recouverts d'une peau transparente en guise d'oreilles. Sans système pileux, leur peau lisse était de couleur marron. Un cou épais prolongeait de larges épaules d'où deux bras noués de muscles puissants étaient terminés par des mains à trois doigts. Un thorax avec deux sternums protégeait trois poumons et s'ajustait sur une colonne vertébrale qui faisait le lien avec un bassin très large sur lequel deux cuisses montées sur des jambes composées de trois os s'appuyaient sur des pieds plus proches de la patte de tigre que du pied humain. Ils avaient un muscle reliant directement leur cheville à leur fessier en plus des muscles de leurs jambes et de leurs cuisses. Ce muscle était maintenu par des os en forme d'anneaux séparés les uns des autres. Cela leur permettait d'amortir les immenses sauts qu'ils pratiquaient parfois pour se déplacer ou pour atterrir de leur vol. Le tout donnait à leurs membres inférieurs, la forme d'un losange plus ou moins large quand ils avaient les genoux pliés. Tandis qu'avec les jambes tendues, cette puissance supplémentaire élargissait l'apparence de leurs muscles inférieurs. En dessous de leur torse, une vulve permettait aux Yonkos de leur transmettre l'énergie vitale qu'ils accumulaient en mangeant. Un Yonkos se plaçait dans cet espace pour effectuer le transfert d'énergie. Très souple, il s'imbriquait parfaitement entre le torse et le bassin des Wakys. Il s'adaptait parfaitement à leur anatomie, ce qui faisait, qu'à part leur couleur, on ne les distinguait pas lorsqu'ils étaient assemblés. Recroquevillé sur lui-même, un Yonkos devenait le ventre du Wakys. C'était une alliance pour la vie. Si l'un des deux mourait, cela signifiait la fin de l'autre. Ils avaient alors deux jours pour aller rejoindre la terre du repos.

Les Yonkos étaient plus petits, leur peau était rouge, d'aspect luisant. Ils mesuraient à peine un mètre. Sur leur tête ovale, deux grands yeux noirs recouverts de paupières rétractiles étaient juste au-dessus d'une sorte de bec dont les bords étaient tapissés de dents acérées. Ils avaient le corps d'un gros ver de terre. Leur vulve était située sur le flanc droit. Ils possédaient de petits bras terminés par une main de six doigts ainsi que de petites pattes comme des échassiers qu'ils utilisaient principalement pour marcher à côté des Wakys lorsqu'ils ne volaient pas. Ils rampaient parfois comme des serpents. Ces deux espèces vivaient dans des habitations en forme d'alvéole, avec une pièce divisée en deux. Le compartiment inférieur abritait les Yonkos qui s'y plaçaient à l'horizontale. Dans le supérieur, les Wakys pouvaient se tenir debout, mais le plus souvent regroupés sur leurs pieds, genoux pliés, leur torse apposé sur leurs cuisses. Ces abris servaient principalement pour dormir. La majorité de leur vie se déroulait en plein air. L'entrée en était un tube recourbé vers le bas. Un espace permettait aux Yonkos de passer chez eux. Ces habitations étaient construites avec des matériaux provenant de leur terre qui était mâchée par les Yonkos, travaillée et séchée par les Wakys et qui devenait extrêmement solide une fois sèche. Accolées les unes aux autres, elles formaient des cercles d'une dizaine de nids. Certaines communautés pouvaient compter plusieurs milliers d'individus. Les Wakys excellaient dans la décoration de leurs abris. Ils étaient des dessinateurs hors pair avec un sens inouï du détail et de la perspective. Par moments, l'on confondait leur habitation avec le paysage. D'autres fois, des portraits de leurs semblables servaient de motifs de décoration. Il y avait des écritures aussi. C'était un peuple créatif maîtrisant un langage guttural ainsi que la télépathie. De nature pacifique, sans système hiérarchique. Ils pratiquaient leurs sensibilités artistiques qui leur apportaient une connaissance et une compréhension de leur monde et du cosmos. Aucune volonté de posséder. Ils voulaient seulement vivre, créer et contempler.

Sur Terre, la *Licorne* était prête pour le départ. Tous les habitants des autres communautés s'étaient regroupés dans leur *Jonction* pour visualiser, lors de l'intervention planétaire, le départ pour Loudko. Ceux de la cité de l'*Envol* et certains voyageurs restaient aux alentours du vaisseau. À l'intérieur, dix salles superposées les unes aux autres, pouvant contenir deux cents personnes assises sur des cercles tracés sur le sol, avaient en leur centre un trou laissant passer un rayon lumineux de couleur verte.

-Départ dans vingt secondes.

La voix de la *Conscience* donnait le compte à rebours.

-Départ dans quinze secondes.

Chaque homme et chaque femme était assis en tailleur et se préparait activement à participer à ce voyage. Du rayon central, de petits rayons s'étaient dirigés vers leur front. Dehors, la *Licorne* se nimbait de lumière et s'élevait du sol de quelques mètres.

-Départ dans cinq secondes.

Le vaisseau vibrait et semblait se superposer à lui-même tout en montant vers le ciel.

-Direction Loudko. Maintenant !

La *Licorne* disparut en un instant dans le bleu du ciel. Le tonnerre gronda quelques secondes, puis un groupe d'oiseaux s'envola vers le soleil et disparut dans sa lumière.

-Ils portent notre espoir, ils portent la vie. Que la *Conscience* les guide.

Végas regardait le ciel. L'anxiété se lisait sur son visage.

-Allons, rentrons maintenant.

-Oui, rentrons Ingos. Rentrons chez nous.

Ils s'envolèrent sur leur transporteur en direction de leur cité.

Dans le vaisseau spatial, le processus d'intrication autonome avait commencé. Une jeune femme aux yeux bleus et cheveux blonds, assise, les yeux fermés comme tous les occupants, était déjà transposée. Durant le voyage, la superposition des corps provoquait la multiplication du moi. Dans un silence sidéral, elle se voyait debout dans le noir, seule dans le cosmos. Elle semblait flotter dans le vide. Le noir de l'espace percé d'objets divers l'entourait. Tout était en mouvement, mais tout était très clair. Elle sentait la légèreté de sa pensée, elle sentait la liberté de son corps. Soudain, en face, deux autres femmes identiques à elle-même apparurent. Les trois êtres formaient un triangle.

-Qui êtes-vous ? demanda-t-elle.

-Nous sommes toi. Puis elle reformula cette question.

-Qui sont-elles ?

-Elles sont nous !

Toutes se regardèrent sans dire un mot pendant un instant. Puis les deux doubles se fixèrent du regard et se questionnèrent à leur tour.

-Qui sommes-nous ?

-Nous sommes elle !

Ensuite, elles la regardèrent intensément.

-Qui es-tu ?

Elle hésita.

-Je suis Valegas.

-Qui es-tu ? Elles répétèrent leur question en maintenant leur regard.

Valegas comprenait ce qui était en train de se passer. Elle comprit que toutes étaient elle. Toutes étaient une.

-Qui es-tu ? La question fut reposée.

-Je suis vous ! répondit Valegas.

À ce moment-là, les étoiles, les planètes et les galaxies défilèrent de plus en plus vite. Toutes ces images allaient si vite qu'au bout d'un court instant, seules des lumières, des flashes de couleurs différentes, apparaissaient autour d'elles. Sans faire un pas, elles se rapprochaient l'une de l'autre, elles glissaient dans l'espace, plus près, de plus en plus près. La lumière devenait éblouissante, les femmes avançaient vers le centre du polygone qu'elles formaient. Elles se touchaient maintenant, épaule contre épaule. Chacune entendait la respiration des autres, plus forte et plus rapide à chaque seconde. Elles entendaient aussi leurs battements de cœur. Les pulsations s'accéléraient et suivaient le même rythme, la même partition. Il n'y eut bientôt plus qu'un seul cœur, il n'y eut bientôt plus qu'une seule femme. Valegas avait repris ses esprits. Peu après, elle aperçut une coupe de cristal remplie d'eau tombant devant elle. La coupe tombait doucement, puis, arrivée à ses pieds, se brisa d'un coup. Ces éclats déclenchèrent un spasme de respiration. Comme un retour à la vie et elle ouvrit les yeux subitement. Les premières images qu'elle vit étaient l'intérieur de la *Licorne.* Le silence régnait. Tournant son visage de gauche à droite, se raccrochant au présent petit à petit, présent qu'il lui semblait avoir quitté, sans en être vraiment certaine. Une voix lui confirma son retour.

-Nous sommes arrivés. Le vaisseau est sur orbite de la planète centrale Gandor. Le monde de Loudko est devant nous. Tout s'est bien passé. Votre *Conscience.*

Tous les occupants, à chaque étage dans leur salle, se mirent debout et soupirèrent de joie. Ils se tenaient les mains, s'accolaient les uns les autres malgré leurs courbatures.

-Nous sommes arrivés ! cria Valegas.

Sur les parois du vaisseau, à chaque niveau, les images des trois planètes Parkris, Gandor et Mandawa avec leurs deux lunes apparaissaient. Parfaitement alignées, avec au centre de ce trio, juste au-dessus de Gandor, Gabios qui brillait en arrière-plan. Le boyau atmosphérique au milieu de ces corps célestes flottait comme un fil de laine soulevé par les airs, animé par les vents qui le traversaient. Les hommes et femmes de la *Licorne* s'émerveillaient devant ce spectacle. Les rayons du jeune soleil s'engouffraient à l'intérieur du vaisseau par les espaces de vue qui s'étaient assemblés sur sa coque.

-La phase d'observation a commencé. Les mesures de confirmation de subsistance sont engagées. Deux jours du monde Loudko, soit 13 heures et 22 minutes, sont nécessaires pour corroborer nos mesures datant du pacte. Prochain transfert de connaissances dans 14 heures. Structuration des quartiers de repos engagée. Votre *Conscience*.

Chacun regagnait les lieux de repos dans le calme. La gravitation dans cette noix de jade était identique à celle de la Terre. Les places, le protocole et les différentes étapes étaient connus. Les humains allaient se ravitailler, se reposer et méditer. Dans leur for intérieur, chacun partageait les mêmes sentiments. La nostalgie de l'ancien monde et l'impatience de voir celui qui devait être leur nouvelle demeure. Lorsque la dernière porte de cabine fut refermée, la lumière du vaisseau s'estompa. Dehors, dans le vide sidéral, la *Licorne* faisait face à ce monde. Minuscule point dans le cosmos, elle était présente et d'une certaine façon, défiait l'équilibre de cet espace. Sur Gandor, un Wakys leva la main et pointa du doigt un point brillant dans le ciel. Dès cet instant, tous les êtres de Loudko savaient que les hommes étaient à leur porte. Cela avait été écrit.

Quelques minutes après les deux jours.

-Communication engagée avec les Wakys.

La *Conscience* rentrait en contact avec les Wakys. Par une fréquence propre, elle communiquait de façon diplomatique et demandait si le pacte signé pouvait être considéré comme valide. Communiquer avec un seul revenait à communiquer avec tous. Bien qu'il n'existât pas d'entité comme la *Conscience Commune*, il y avait bien un partage des connaissances et des décisions chez les habitants de Loudko. Chacun prit acte et le pacte signé par leurs ancêtres fut validé. Le rappel d'un point du contrat fut néanmoins souligné. Aucun être ne devrait aller sur la planète Parkris. On demandait à la *Conscience Commune* de l'attester. Ce qu'elle fit au nom de tous.

-Nous avons l'autorisation d'atterrir. La rentrée dans l'atmosphère de Gandor se fera après le transfert de connaissances. Un cri d'espoir sortit de la bouche de tous. Ils allaient pouvoir préparer leur survivance. La continuation de la vie provenant de la planète Terre était possible. Les détails environnementaux de Loudko, la faune et la flore, la façon d'être, la langue, la culture des Wakys et des Yonkos et le pacte avaient été mis à jour et transférés en tant que connaissances. Les hommes allaient poser le pied sur une nouvelle terre. Ils se sentaient fiers de leur mission. Ils allaient tout faire pour la réussir. La *Licorne* commençait son approche. L'atterrissage était prévu sur les terres d'Hérémos, non loin de l'équateur. Un sous-continent aussi grand que les terres émergées de leur planète mère. Le vaisseau rentra dans l'atmosphère doucement et quelques heures plus tard, se posait sur le sol de Gandor. Sur un plateau composé de végétaux jaunes, une communauté de Wakys les attendait. Les Yonkos tournoyaient autour d'eux l'air excité, émettant de petits cris stridents. Eux restaient imperturbables, regardant de leurs yeux rouges, cette noix de jade verte arriver sur leur terre. Une porte s'ouvrit par le haut des côtés de la structure et alla s'appuyer sur le sol. Les hommes et les femmes commencèrent à débarquer. Un Wakys s'approcha à une dizaine de mètres d'eux. Il se nommait Brarons. En levant son bras droit, ses trois doigts ouverts, il dit de sa voix grave et résonnante provenant de sa gorge.

-Humains, soyez les bienvenus sur Gandor. Il y a bien longtemps, les anciens ont signé un pacte avec votre monde. Nous l'honorons aujourd'hui et en sommes fiers. Venez ! Cette terre est vôtre à présent.

Sur Terre, la préparation de l'envoi sur Dsom72 d'une autre communauté d'humains touchait à sa fin. Un vaisseau beaucoup plus grand et d'une forme différente de la *Licorne* était structuré. Bien que moins loin que le monde de Loudko, cette planète se trouvait dans un espace particulier de l'univers. Ce transporteur cosmique, le *Triangle,* allait devoir passer une zone de l'univers où rien n'existe. Un laps de temps dans le vide total, une distance sans repère physique, un voyage dans le néant, sans la vie et sans même la mort. Un voyage pour arriver sur cette planète où les montagnes sont de gigantesques cristaux translucides, transperçant des plateaux recouverts de sable blanc, eux-mêmes parsemés de mers et de lacs et peuplés d'êtres constitués d'enveloppes charnelles minimales. Les Oarxces vivaient sur ce monde. De l'eau, de l'air, des montagnes de cristal et du sable fertile, c'est tout ce qu'il y avait. Les humains pouvaient y vivre. Peu de choses claires avaient été rapportées sur les habitants de ce monde si ce n'est la possibilité de vie. Le pacte signé avec les Oarxces n'était pas explicite. Il ne contenait qu'un paragraphe. Il était écrit : *"Humains, soyez les bienvenus dans notre univers. Un jour viendra où votre monde disparaîtra et ce jour-là, vous viendrez à nous et nous vous accueillerons comme vous nous accueillerez en retour. Dès ce moment-là, nos esprits entreront en communion."*

L'immense vaisseau en forme de pyramide, de couleur noire, disparut d'un trait dans le ciel avec ses dix mille hommes et ses dix mille femmes embarqués. Pour ces humains, le voyage allait changer à jamais leur perception des choses, mais c'était le prix de la survie. Les cartes étaient posées, le jeu avançait. Lequel de ces deux mondes allait-il être l'échappatoire à la fin de l'humanité ? Le monde de Loudko ou celui de Dsom72 ? Quelle était cette tragédie ? Deux atouts pour gagner une partie, cela semble peu. La *Conscience* avait analysé toutes les possibilités et ce qu'elle avait proposé était la meilleure chose à faire. Il n'y avait aucun doute là-dessus. Chaque humain le savait. Ils étaient la *Conscience Commune* après tout. Cependant l'enjeu de la situation créait un certain stress auquel ils n'avaient pas été préparés. La fin de leur monde. Même s'ils le savaient au fond d'eux-mêmes, ce n'était pas imaginable finalement et maintenant, ils avaient tous la même question. Si les choses tournaient mal ? Le temps passait vite.

Ingos et Végas regardaient le soleil depuis leur terrasse. Dès ce jour, il était devenu une menace.

-Le temps estimé avant la transformation du soleil en géante rouge est quatre mois et un jour. Votre *Conscience*.

Végas se mit à pleurer.

Désenchantement

Après quelques semaines sur Gandor, les humains s'acclimataient à merveille. Ils avaient structuré leurs habitations et établissaient une petite cité dans une vallée qu'ils appelèrent Linoros. Ils s'occupaient avec soin de leurs plantations, des oiseaux, insectes et micro-organismes, éléments cruciaux pour leur survivance. Ils passaient beaucoup de temps à découvrir et à apprendre tout sur leur nouveau monde car les choses, ici, dans le monde de Loudko allaient beaucoup plus vite que sur la Terre. Les rapports sociaux avec les Wakys s'intensifiaient également. Les humains avaient incorporé dans la décoration de leurs demeures qu'ils avaient structurées, le style de peinture murale des indigènes. Ils discutaient souvent, échangeaient des informations sur leur histoire, écoutaient ensemble de la musique des différentes époques de l'humanité. C'était une chose inconnue pour les Wakys, mais ils l'appréciaient grandement. Parfois, ils demandaient aux humains de leur dépêcher des structures diffusant une musique qu'ils avaient choisie pour leurs célébrations. Leurs esprits appréciaient ces créations et leurs corps transformaient en danse cette nouvelle émotion que procurait l'écoute de la musique. On pouvait assister à de grands concerts où, tous réunis, Wakys,

Yonkos et humains, dansaient sur des mélodies diverses. Cela rappelait aux humains les célébrations de la nature. Avec le temps, ils apprirent le rôle des trois planètes de ce système. Parkris était la planète dédiée à la naissance, Gandor celle de la vie et Mandawa, celle du repos éternel. Tous venaient de Parkris, tous vivaient sur Gandor et tous accomplissaient leur vie sur Mandawa. Leur première planète jouait le rôle de couveuse. Tous les êtres de chair sortaient de sa terre. La vie germait lors de la saison venue, d'une multitude de graines contenues dans le sol. Des terres humides recouvertes d'herbes hautes, la vie sortait de membranes affleurant la surface du sol. Une fois à terme, les peaux se déchiraient et donnaient naissance à tout ce qui vit et vole. Ensuite, les espèces restaient quelques mois dans ces territoires, grandissaient, puis empruntaient les boyaux atmosphériques pour aller rejoindre leurs frères et sœurs sur Gandor. Il n'y avait pas de procréation directe sur ce monde. Parkris était interdite à quiconque, sauf aux Yavès. Cette planète procréatrice devait rester vierge. La matrice monde ne devait pas être foulée. Telle était la règle. Chaque créature de Loudko l'avait écrite dans ses gènes. Mandawa était le lieu du repos. La mort ici s'annonçait doucement. Un jour, deux êtres prêts pour la mort se voyaient entourés d'un voile de lumière, une aura en quelque sorte. Dès ce moment-là, ils devaient rejoindre la terre du repos où ils disparaissaient à jamais. Ni tombe, ni aucun signe de leur passage ne restaient. Les paysages de Mandawa étaient composés d'immenses forêts peuplées d'arbres gigantesques et traversées par des rivières et des ruisseaux, eux-mêmes parsemés de chutes d'eau se déversant dans de petits lacs et étangs. Une seule sorte de créature y prospérait en permanence. Les Yavès, sorte de très petits oiseaux bleus aux yeux verts et aux chants harmonieux. Ils naissaient des fruits d'un arbre et étaient les seuls à pouvoir voyager sur la planète mère. Les Wakys disaient qu'ils se nourrissaient d'esprits uniquement. C'était l'exception, une espèce solitaire sur Loudko. Ces êtres étaient les gardiens des esprits de ce monde. Allant et venant dans les forêts sans que personne ne sache combien ils étaient. On pouvait voyager sur Mandawa, mais comme aucune nourriture assimilable n'était disponible, personne n'y restait longtemps. On s’y recueillait puis on repartait.

Pour les humains, la question de leur mort serait un paramètre nouveau, car ce qui faisait sens sur leur planète mère ne le faisait pas forcément sur Loudko. Sur Terre, ils avaient trouvé la solution, mais ici, que faire ? Cela faisait partie des questions encore sans réponse à ce jour, mais d'abord, le principal était de minimiser l'impact humain dans ce monde harmonieux. Sur Terre, il avait fallu presque quatre milliards d'années pour répondre avec justesse à cette question.

Grâce à la *Conscience* et à la capacité à maîtriser des métabolismes, les humains minimisaient leur présence sur Loudko et faisaient au mieux pour être neutres, mais déjà, certains déchets s'accumulaient autour de leur nouvelle cité. La terre de Gandor n'absorbait pas tout encore. L'acclimatation des micro-organismes et insectes prenait du temps. Ils ne se reproduisaient pas encore, contrairement aux colombes qui avaient déjà vu éclore leurs premières couvées. C'étaient les premières créatures ayant des parents venant de la planète Terre et étant nées au-delà de leur planète natale. Ces jeunes oiseaux, qui étaient regroupés dans une grande volière, pétillaient de santé et semblaient être ravis que leurs géniteurs aient fait un si long voyage. Les hommes aussi contemplaient cet heureux évènement. Ils n'étaient pas les seuls d'ailleurs car, depuis quelques jours, des Yavès tournoyaient paisiblement au-dessus de la volière. Les colombes adultes étaient nerveuses dès qu'ils s'approchaient trop près des parois de la volière. Les trois petits pigeons dans leur nid étaient irrésistiblement attirés par leur plumage bleu métal et leurs yeux verts. Très vite, ils apprirent à voler et très vite, ils se mirent à frôler les parois translucides de leur cage pour voler en parallèle avec les Yavès qui tournoyaient toujours autour en chantant à gorge déployée leurs mélodies merveilleuses. Ils semblaient communiquer ensemble et se comprendre. Un jour, un homme, Jordos, remarqua ce comportement et décida d'en parler avec Brarons, un Wakys qu'il connaissait bien. Non loin de la cité de Linoros, l'homme et le Wakys discutaient debout, sur un promontoire naturel.

-Nos jeunes colombes sont attirées par les Yavès. Pensez-vous Brarons, qu'il peut y avoir un danger ?

Le Wakys réfléchit, comme tous les Wakys réfléchissent avant de répondre.

-Le Yavès est le passeur des âmes. Il les récupère et les amène sur la planète mère. Il ne tue pas et il est très rare qu'il communique avec des vivants sur Gandor. S'il le fait, une nouvelle créature voit alors le jour. Il est le transporteur des esprits de notre monde. S'il le fait, alors, une nouvelle créature viendra et l'équilibre sera. Mais à la fin, seule notre mère décide de la forme de vie attribuée au retour des esprits à la vie et du rôle qu'ils joueront.

-Y aurait-il un déséquilibre sur Loudko ?

Brarons réfléchit.

-Le Yavès est le passeur des esprits. Il obéit à notre planète mère. Elle est seule à le savoir.

-Je te remercie pour tes sages paroles Brarons.

Jordos s'interrogeait sur ce qui se passait avec ses colombes et sur le comportement des Yavès. Les mots du Wakys revenaient dans sa tête. Une nouvelle créature viendra et l'équilibre sera. La *Conscience,* lors de la prochaine séance du partage, nous éclairera, pensa-t-il. Que faire avec ces colombes nées en ce monde ? Elle saura.

Loin de ce trio de planètes, loin de tout, dans une partie de l'univers, le *Triangle* continuait son voyage vers Dsom72. Autour de lui, pas la moindre étoile, pas la moindre météorite à des siècles lumières. Ce vide asséchait l'esprit des hommes et femmes du vaisseau. Ni rêve, ni vision depuis des jours dans ce tunnel quantique. Ils vivaient un moment sans mouvement, un songe sans image, sans le moindre mot, sans le moindre bruit, le néant, rien que le néant. Puis, au loin dans le noir de leur conscience apparut une lumière blanche. Elle grossissait à chaque instant. Ils quittaient l'ombre en se rapprochant de plus en plus de cet éclat, qui soudain les aveugla. Ils étaient présents à nouveau.

Cela annonçait la présence de l'étoile de Dsom72, le *Soleil blanc* comme on l'appelait. Diffusant ses rayons sur ce cristal géant qu'était cette planète. Un monde où des êtres erraient. Cette immortalité les piégeait à jamais sur ce monde. Les Oarxces attendaient le retour des hommes depuis des millions d'années, car il y avait une chance de communier avec les esprits humains. Ce qui leur permettrait de quitter leur ancre indestructible, de naviguer vers d'autres formes de vie et de trouver enfin un réceptacle où ils seraient les invités et non les hôtes. Ils en rêvaient, les mortels étaient un espoir à leur errance sur les rives des mers et des lacs de Dsom72. Il fallait convaincre leurs esprits, il fallait que les hommes partagent leur enveloppe charnelle. Trop de temps s'était écoulé et les Oarxces n'attendraient plus. Le maître des esprits l'avait prédit.

Sur une plage immense de sable blanc, proche de la mer, le *Triangle* se posa. Quelques instants plus tard, la porte s'ouvrit. Un groupe d'humains débarqua, ils contemplèrent cette mer calme bordée de sable d'un blanc immaculé. Tous foulèrent le sol de ce monde où seul le bruit d'un léger ressac les empêchait de croire à un rêve. Les vingt-mille hommes et femmes, autour de leur vaisseau, se perdaient presque sur l'immensité de ce lieu. Aucun relief à des kilomètres, rien que le sable blanc parfaitement lissé. Pourtant, après quelques instants, une femme aperçut quelque chose au loin. Un nuage de lumière de différentes couleurs venait à leur rencontre. Bientôt, de ce nuage, on distingua dix lumières flottantes au-dessus du sol, chacune de taille humaine. Pour chacune, un corps de chair blanche était la seule chose qui les retenait. Un bout de chair au milieu d'une aura de lumière. Galenas, la femme qui les avait aperçus, était à deux pas de ces êtres. Un Oarxces s'approcha d'elle, éclairant son visage de sa lumière bleue.

-Une hydre de cristal, ce corps que tu vois est une hydre de cristal. C'est notre… L'Oarxce marqua une pause. Puis il continua sa phrase.

-C'est notre corps en quelque sorte. Soit la bienvenue, humaine, ainsi que les tiens.

L'Oarxce s'adressait à Galenas directement dans son esprit. Cette voix la troubla un instant, puis elle se reprit.

-Merci à toi ! Nous venons en paix, nous venons chercher asile sur votre monde, nous venons au nom du pacte ancien, établi par nos ancêtres. Notre monde est proche de sa fin. Nous sommes venus chercher refuge sur votre planète.

-J'en suis bien désolé. Trop de mondes disparaissent et pas assez n'apparaissent.

Galenas le regardait sans rien dire. Attristée par ces mots qui venaient d'un être plus esprit que chair.

-Oui, ce pacte est valide et nous sommes venus vous accueillir. Prenez vos aises. Dans quelques jours, nous viendrons te chercher, car notre maître désire s'entretenir avec toi, Galenas. Il t'a choisie dès que tu as posé le pied sur ce rivage. Tu seras notre lien avec les tiens. Nous viendrons te chercher.

-Quel est ton nom ? demanda la femme.

L'Oarxce marqua une pause avant de répondre. L'hydre de cristal, l'attache charnelle de cet esprit, remua indépendamment de l'aura qui matérialisait l'esprit de l'Oarxce. Sa forme ressemblait à celle que l'on trouvait sur Terre. Un tube surmonté de plusieurs tentacules terminées par des cristaux brillants. De la grandeur d'une main humaine environ.

-Tu peux m'appeler Venixis.

Puis les Oarxces s'éloignèrent sans un bruit et sans un souffle des humains. Leurs lumières disparurent après quelques instants.

-Quel personnage mystique ce Venixis, pensa-t-elle. Un peu plus tard elle compléta sa pensée en regardant autour d'elle.

-Quel monde mystique.

Durant ces premiers jours, les premières structures humaines se montèrent sur Dsom72. Les hommes établirent des cités sur le modèle terrien dans une immense vallée traversée par un très grand lac. Ils nommèrent cet endroit *La vallée*. Ils découvraient ce monde de tranquillité. Pas la moindre vague sur les mers ni sur les lacs, rien que ce léger ressac sur leurs rives. Lent et régulicr. Pas le moindre vent dans ce monde de cristal, pas le moindre nuage. Tout semblait être là depuis toujours et pour l'éternité. De jour, par moments, le soleil blanc transperçait de ses rayons des pans entiers de montagne. Ces faisceaux de lumières blanches qui se décomposaient en différentes longueurs d'onde, créaient des jeux de couleurs extraordinaires qui jaillissaient de la surface de cette planète. Toujours pas la moindre visite de leurs hôtes, aucun humain n'aperçut un Oarxce ni une hydre de cristal depuis la visite de Venixis. Pas la moindre trace des habitants de ce monde. À croire qu'ils étaient les seuls sur cette planète. Ils plantèrent les premiers végétaux qui trouvèrent dans le sable blanc une prise saine et durable. L'eau des lacs était pure. On pouvait donc y vivre. La nuit, certains sommets de montagne étaient fluorescents, de différentes couleurs et diffusaient une lumière douce dans le noir, une sorte de grands cônes lumineux. Ils étaient les étoiles de ce ciel, car l'espace autour de cette planète était désespérément vide, sans aucun scintillement.

Galenas, depuis la terrasse de son logement, était accoudée sur la barrière et regardait le reflet des pics sur la surface de l'eau du lac au milieu de la vallée. Ses longs cheveux lisses et noirs comme la nuit tombaient devant son visage, masquant son regard fixe. Elle pensait que les beautés qu'offrait cet endroit n'étaient qu'une bien modeste compensation à leur migration. Il y aurait certainement d'autres agréments qu'ils allaient découvrir avec le temps, mais elle attendait avec impatience la prochaine rencontre avec Venixis et le maître des Oarxces. Pourraient-ils dialoguer avec les Oarxces plus fréquemment, pourraient-ils apprendre à mieux se connaître ? Les Oarxces étaient-ils des êtres ou des esprits ou les deux ? Ces questions, elle les avait posées lors des séances de partage, mais il était encore trop tôt pour y répondre, selon la *Conscience*. Il fallait du temps, mais du temps, ils n'en n'avaient plus guère.

Son compagnon s'approcha d'elle tendrement, elle se redressa, il lui prit la mains. Sans rien dire, il la plaça sur son cœur.

-Que sont les Oarxces ? demanda-t-elle.

Soudain, devant eux, une lumière bleue monta du fond du lac. Elle devenait de plus en plus claire et sortit finalement de l'eau pour émerger sur la plage. C'était Venixis. Galenas l'appela.

-Venixis, nous sommes là !

L'Oarxce se dirigea dans les airs en face du couple. L'hydre de cristal se tortillait doucement comme pour marquer une certaine timidité.

-Je suis toujours stupéfait par ce lac. Voyager dans ses profondeurs est un plaisir incroyable. Je viens d'un monde où il n'y avait que très peu d'eau, mais je m'égare. Aujourd'hui, je suis venu te chercher. Notre maître désire te voir, maintenant. Es-tu prête à me suivre Galenas ?

-Oui. Dans le lac ?

-Si tu le peux, nous passerons par le lac. C'est plus transportant. Je t'attends sur la rive.

-Oui, je te rejoins tout de suite sur la rive.

Elle serra dans ses bras son compagnon, puis se dirigea à l'intérieur de son logement, pour ressortir plus tard sur la plage. De là, elle commanda par son collier la structure d'un dauphin. Elle flottait juste au-dessus du sol. Venixis rigolait doucement à la vue de ce transporteur, puis il s'engouffra sans un bruit dans l'eau. Cette structure avait bien la forme d'un dauphin, mais qui n'avait pas d'œil ni de bouche, tout en ayant le corps souple. Il brillait comme un cristal. Deux cale-pieds sur son flanc et deux poignées sur le haut de son échine pour se tenir. L'aileron servait de dosseret. Elle monta dessus comme l'on monte sur un cheval. Un film translucide aussitôt la recouvrit. Le dauphin plongea et suivit la lumière bleue. Ils s'enfoncèrent dans les profondeurs. L'eau était si claire que très vite Galenas distingua le fond lacustre. Recouvert de sable blanc, toujours le même sable. Venixis accélérait sa vitesse en l'effleurant. À peine si quelques bulles d'air et grains de sable se soulevaient sur son passage. L'hydre avait regroupé ses tentacules le long de son corps et ses cristaux brillaient plus fortement. Galenas avait un certain plaisir à voyager sur son dauphin. C'était comme dévaler une pente de neige en glissant, pensait-elle. Elle changea la trajectoire du dauphin tout en suivant la lumière. Elle dessinait de grandes courbes sur le fond, comme le ferait un serpent lorsqu'il nage. Peu après, Venixis fit de même et se plaça à sa hauteur pour effectuer les mêmes virages, à l'opposé. Deux serpents, ils formaient deux serpents, ondulant tout en progressant sur le fond blanc. Puis l'Oarxce ralentit doucement.

-Galenas, vois-tu au loin l'entrée de cette grotte parsemée de cristaux ?

Dans ses pensées, elle répondit.

-Oui, je la vois.

-Nous allons entrer dans la demeure du sage, le maître des esprits.

En se rapprochant de cette grotte submergée, elle s'aperçut que les cristaux sur le fond, étaient des hydres. Beaucoup d'hydres jonchaient le sol. Se déplaçant doucement en direction de la caverne.

Très vite, une fois à l'intérieur, un couloir en pente douce les emmena à l'air libre. Galenas découvrait le dôme. Les parois, le sol et les quelques rochers éboulés étaient constitués de quartz traversé par une lumière pâle. De gigantesques colonnes d'émeraude, placées au milieu, soutenaient la montagne qui se trouvait au-dessus. Les hydres qui sortaient du lac se répartirent sur le sol. Elles étaient détendues, leurs tentacules écartées. On aurait pu les confondre avec des étoiles de mer.

-Suis-moi ! demanda Venixis.

Le dauphin s'était déstructuré. Galena suivit l'Oarxce en marchant. Ils prirent un chemin montant très légèrement, pavé de grandes marches. Au bout d'un moment ils quittèrent cette grande pièce, empruntant un plus petit passage, plus sombre. L'aura bleue de Venixis se reflétait sur les murs et éclairait leurs déplacements. Galenas regardait autour d'elle. Avec plus d'attention, elle se rendit compte que de petites lumières étaient emprisonnées dans les murs de la grotte.

-Que sont ces lumières, Venixis ?

-Ce sont des esprits perdus qui ne savent que faire. Ils sont là pour trouver un chemin vers l'extérieur. Alors, ils pourront s'accrocher à une hydre et ressentir les plaisirs d'être dans un corps éternel, puis, avec de la chance, ils retrouveront un corps mortel. Toutefois, c'est beaucoup plus difficile, mais tellement gratifiant.

-Es-tu passé par là ?

-Oui Galenas ! Nous passons tous par là. Venixis souriait.

-Nous ?

-Oui, nous. Tes esprits sont passés par là. Ceux qui t'habitent, mais ce souvenir est lointain pour eux, aussi vieux que leur passage sur ce monde.

-Ceux qui m'habitent ?

-Oui, tu es habitée par plusieurs esprits. L'ignorais-tu ? L'aura de l'Oarxce changea de couleur.

Galenas arrêta sa progression et leva son regard vers Venixis.

-Moi, par exemple, je ne suis qu'un esprit, j'ai retrouvé la vie par le corps de cette hydre immortelle qui m'a acceptée. Elle n'a pas besoin de moi, elle est immortelle tant qu'elle restera ici. Quant à moi, c'est une étape de me lier à elle. Comprends-tu ? Sans monde pouvant abriter la vie, certains esprits se perdent. Pour eux, ce monde est un espoir de retrouver le chemin qui mène à elle, et de la vie, nous allons à la mort. Malheureusement, je ne peux encore jouir de la mort. Pour éprouver la mort et surtout profiter d'une vie riche d'émotions et de créations, je dois me lier à d'autres esprits. Enfin, si je le voulais et qu'ils le veuillent.

Il rigola doucement.

-De créations ? Qu'entends-tu par-là ? demanda Galenas.

-Eh bien, dépendamment du corps que j'habiterai et du monde dans lequel je vivrai, je pourrai aider à construire un autre corps qui sera à son tour le réceptacle d'autres esprits. Trop de temps pour ces esprits est passé sans qu'ils ne connaissent la vie. Leur tour va venir.

Venixis s'arrêta devant Galenas.

-Chaque corps vivant dans le cosmos infini abrite des esprits. Les mondes qui abritent la moindre forme de vie sont importants. Tout doit continuer Galenas. Ne l'oublie jamais. Maintenant, poursuivons notre chemin, Galenas, je t'en prie.

Malgré des centaines de millions d'années d'évolutions et de connaissances, elle semblait perturbée. Malgré son cerveau rationnel, sa maîtrise des émotions et des sentiments, elle prenait conscience que toutes ces histoires d'esprits relégués dans l'immaturité de l'humanité par des siècles et des siècles de connaissances, se trouvaient là, devant elle.

-Dsom72 est le monde des esprits ? demanda-t-elle ?

-Non, oh non, c'est l'un des mondes, il y en a tellement, et si différents, mais celui-ci est celui que vous avez trouvé. Loin de chez vous. Sans le savoir, Dsom72 est l'une des clefs de votre questionnement perpétuel. Malgré votre sagesse actuelle, cette question revient toujours et ce voyage, Galenas, en est la preuve. Devant une fin imprévue, vous y êtes de nouveau confrontés. Sache que des esprits vous habitent. Ils ne sont pas que les créations de vos poètes et conteurs.

Ils continuaient de monter par ce passage, puis l'Oarxce s'arrêta.

-Voilà, nous y sommes. Regarde !

Ils étaient sortis de la galerie et devant eux s'étendait une allée d'arbres en fleurs. Sur leurs branches, des oiseaux, des écureuils et une multitude d'abeilles qui butinaient leurs fleurs, le tout sous un ciel bleu éclatant de lumière. Venixis eut encore un petit rire. Galenas se mit à pleurer.

-Mais qu'est-ce que c'est ? Quelle est cette vision ?

-Remets-toi, Galenas? Va ! Avance ! Au bout de cette allée, tu le trouveras.

Venixis la regardait s'avancer et lorsqu'elle fut au milieu des arbres, il repartit d'où il était venu. La lumière bleue de son aura disparut dans le passage sombre.

Galenas se retournait sur elle-même tout en avançant, essayant de se situer. La sortie du tunnel était une petite ouverture dans le flanc d'une immense montagne recouverte de champs à sa base, tandis que vers son sommet, des plaques de neige entouraient un pic rocheux. Cette pointe accrochait un nuage blanc, pourfendu en son milieu par ce sommet. Rêvait-elle ? Était-elle revenue sur Terre ? Tout laissait croire qu'elle n'était jamais partie et que Dsom72 n'était pas l'endroit où elle se trouvait. Elle continuait d'avancer lentement, profitant de cette ambiance bucolique. Une prairie à perte de vue. Il faisait bon, les fleurs des arbres embaumaient l'air de leur parfum. Elle était ravie. Un peu plus en avant, elle sortit du champ et se retrouva face à un immense marronnier en fleurs. À son pied, une table de bois au milieu de deux bancs. Un homme, couvert d'un chapeau de paille, vêtu d'une chemise blanche sur laquelle une paire de bretelles pinçait un pantalon noir laissant apparaître au bas de ses jambes deux pieds nus. Il était en train de manger tranquillement une soupe, dos à l'arbre. À sa droite, une soupière de porcelaine blanche décorée de divers légumes dessinés en bleu foncé. Un potage de légumes onctueux et velouté dans lequel une louche était immergée, laissait s'échapper un fumet appétissant. Une miche de pain entamée se trouvait à sa gauche. Le couteau à pain était posé sur la table, tandis que trois tranches étaient soigneusement superposées sur une planchette. En face de lui, un couvert parfaitement dressé attendait un invité.

-Prends place ! Viens, prends place, Galenas. Assieds-toi, je t'en prie ! Cette soupe est délicieuse.

Galenas, subjuguée, s'assit doucement, observant cet homme venu d'un autre temps. L'homme servit la soupe.

-Je t'en prie, mange. Il faut que tu prennes des forces. J'ai pu sentir un certain vague à l'âme t'envahir. Il ne faut pas.

-Mais, qui êtes-vous ? demanda Galenas avec beaucoup d'hésitation.

-Mangeons d'abord, ensuite je te parlerai.

L'homme souriait tout en regardant son assiette. Il semblait être dans la force de l'âge des temps anciens. Quelques rides sur un visage carré, la peau bronzée, les yeux bruns, avec une chevelure épaisse de couleur noire, les bras de chemise remontés dévoilant des avant-bras noués de solides muscles, puis de solides mains. Des mains de ceux qui travaillent la terre. Un paysan, oui, Galenas identifiait cet homme grâce à ses connaissances. Ce devait être un paysan des temps anciens.

Galenas prit une cuillère et commença à manger. Elle était plus grande que lui et plus fine. Elle tenait son assiette à soupe dans la paume de sa main gauche, le buste bien droit. Lui, les deux coudes sur la table, mangeait avec un grand appétit. La tête penchée sur sa soupe.

-C'est bien, elle est excellente, n'est-ce pas ?

Galenas était un peu gênée, mais, d'un signe de la tête elle acquiesça. L'homme lui tendit la planchette où se trouvaient les tranches de pain coupées.

-Sers-toi, tu verras, ce pain est formidable.

Ces deux êtres, dont l’allure les séparait de quelques milliards d'années, partageaient un repas sur une table de bois sous un marronnier à l'ombre du soleil, au beau milieu d'une nature terrestre resplendissante, et tout cela sur Dzom72. La soupe terminée, l'homme déplaça les plats et les services à sa droite, au bout de la table. Il s'était redressé, allant et venant latéralement entre la table et le banc. Puis, il empoigna un panier rempli de pommes rouges qui se trouvait sur le banc à côté de lui. Il le plaça sur la table, légèrement à sa gauche et s'assit de nouveau en face de Galenas. Il se pencha sur la gauche et sortit de la poche droite de son pantalon un couteau, dont il déplia la lame. Il prit une pomme de sa main gauche et la coupa en deux à l'horizontale, d'un trait, avec une grande dextérité. Après avoir posé son couteau, il saisit la moitié supérieure de la pomme de sa main droite, déploya son bras, la paume de sa main ouverte vers le ciel, l'intérieur du fruit inondé de la lumière du ciel et l'offrit à son invité.

La femme, le sourire au coin des lèvres, prit le fruit. L'homme croqua sa moitié et la femme en fit de même.

-Es-tu un homme ? demanda Galenas.

-Non, pas du tout. Ne te fie pas à ce que tu vois maintenant. Ce n'est qu'une vue de ton esprit qu'il m'a plue de créer. Je pensais te faire plaisir. Mais, si tu ne l'apprécies pas, je peux changer de paysage. Veux-tu que je le change ?

-Non, s'il te plaît. Laisse-le encore un moment.

Galenas regarda autour d'elle pour voir si rien ne changeait.

-Les Oarxces m'ont surnommé le maître des esprits, mais je ne suis pas leur maître. Je suis un esprit, comment dire, indépendant, si je peux me permettre. L'homme s'amusa de ces mots.

-Eux le sont toujours. Ils sont toujours à la recherche d'un corps, ils ont soif de vie.

Galenas l'écoutait tout en mangeant sa demi-pomme.

-Il faut que tu saches que ce monde est une sorte de passage obligé en quelque sorte, pour beaucoup d'entre eux. Je me dois de t'avertir car, lors du dernier passage des hommes, je n'étais pas présent et les Oarxces ont omis ce détail, très certainement. Ils sont parfois... il marqua une pause, malins, si je peux me permettre. Alors, une question simple s'impose maintenant.

L'homme la regarda dans les yeux et il lui dit.

-Êtes-vous prêts, humains, à partager votre corps avec des esprits de ce monde ?

Galenas fut envahie par ces quelques mots, par cette question. Elle mit un moment à retrouver sa présence d’esprit ou était-ce ses esprits qui ne voulaient pas être retrouvés.

-Si nous partageons, serons-nous encore les mêmes ?

-Non. La cohabitation des esprits qui vous habitent avec ceux qui viendront provoquera des changements.

-Lesquels ?

-Nul ne le sait. Cela serait trop facile. N'est-ce pas, Galenas ? Il y a un ordre des choses pour ce monde.

-Et si l'on refuse de changer ?

L'homme soupira.

-J'aimerais te poser une question à mon tour, Galenas.

-Je t'en prie.

-Comment pourrais-tu refuser de partager une vie avec ceux qui, en acceptant ta venue, permettent à ta propre vie de continuer ? Ils ne savent pas non plus ce qu'ils vont devenir. Chacun est confronté au changement. Mais tu peux refuser de changer si tu le veux. Vous êtes libres, toi et les tiens, de ce choix. Les esprits, quant à eux, sont patients, très patients. Sache cependant, que nombres d'entre eux sont déterminés et prêts à vivre. Votre présence dans ce monde excite leurs convoitises. Je m'empresse à les raisonner et à faire en sorte qu'ils puissent communier d'un consentement commun, ceci afin d'éviter de féconder une haine qui pourrait ressortir un jour, d'une façon ou d'une autre. Tu as sept jours pour en parler avec ta colonie. Dans sept jours, Venixis viendra te voir et te demandera une réponse. J'ai été ravi de partager avec toi ce repas. Il y a bien longtemps que je n'avais mangé une soupe en si bonne compagnie.

À ces mots, les yeux de l'homme brillèrent légèrement.

-Je te raccompagne à ta demeure. Ferme les yeux, s'il te plaît.

Galenas ferma les yeux. Elle sentit son corps décoller du sol comme le ferait un oiseau, elle s'éleva en altitude et très vite se retrouva en plein centre d'une galaxie, dans l'espace. Puis, d'un seul coup, la vision du cosmos fut aspirée dans un petit trou situé en face d'elle et fit place, sortant du même petit trou, à l'image de sa maison au bord du lac.

-Galenas ! Galenas ! Son compagnon l'appelait depuis la porte d'entrée.

-J'arrive, je rentre à la maison, répondit Galenas.

Inconscience

Jordos se rendit de bon matin près de la volière où les pigeons nichaient. Les petits avaient grandi et étaient de taille adulte maintenant. Sur un arbre, non loin de la cage, une volée de Yavès s'était regroupée. L'homme remarqua leur présence et à ce moment-là, les petits oiseaux bleus entamèrent un chant d'appel à destination des jeunes colombes. L'excitation montait dans la cage, leurs parents avaient l'air apeurés et s'étaient regroupés sur le même perchoir situé le plus loin de ces créatures inconnues. Les jeunes oiseaux terriens devenaient de plus en plus nerveux, allant même jusqu'à se jeter contre les parois translucides heureusement souples de leur cage. Jordos était inquiet, les volatiles allaient se briser le cou s'ils continuaient. Il prit alors la décision d'ouvrir la cage et de laisser s'envoler les colombes qui ne semblaient pas pouvoir résister plus longtemps à l'appel des Yavès. Une légère pression sur son collier et aussitôt une des parois de la cage offrit un passage aux jeunes oiseaux qui s'engouffrèrent vers la liberté. Leurs parents ne bougèrent pas d'une aile et restèrent bien sagement à l'intérieur de la volière.

À peine dehors, les jeunes colombes volèrent en direction de ceux qui les appelaient et tournoyaient autour d'elles rapidement. Les yeux verts les regardaient. Ils continuaient toujours à chanter leur mélodie enivrante, cet air qui parlait si fortement aux oiseaux d'origine terrestre. Puis, ils s'envolèrent dans les airs à leur tour. Jordos contemplait ce spectacle et les suivit du regard, aussi loin que ses yeux le purent. Bientôt, ils disparurent à l'horizon. À ce moment, un Wakys atterrit d'un précédent bond qui l'avait propulsé non loin de lui.

-Les Yavès et les colombes volent ensemble en direction du boyau atmosphérique. Ils voyagent vers l'entrée qui les mènera sur Mandawa, la terre du repos, annonça Brarons d'un ton grave en se rapprochant de Jordos.

-Les Yavès savent, ils sont les passeurs d'esprits entre la fin et le recommencement.

Jordos pensait qu'il n'y avait pas d'autre alternative que de libérer les jeunes volatiles, quoi qu'il puisse arriver. Ils étaient nés sur cette planète. Ils faisaient partie de ce monde maintenant, mais surtout, ils étaient la validation que leur migration réussissait. S'ils pouvaient survivre, livrés à eux-mêmes, dans ce nouveau monde, alors les hommes le pourraient aussi.

Les jours passaient et les colombes n'étaient toujours pas revenues. Loin de leur nid, elles continuaient leur voyage en compagnie des Yavès. Ces derniers prenaient bien soin de leurs compagnons de vol. Ils s'assuraient de ne pas trop les fatiguer et faisaient halte souvent pour assurer leur repos et leur ravitaillement. Ils les avaient pris sous leurs ailes. Elles étaient ravies de cette première aventure et de cette nouvelle liberté. Plusieurs jours après leur départ, elles arrivèrent aux abords de l'entrée du boyau atmosphérique. Une immense tornade inversée, montant dans le ciel et tournant doucement dans le sens des aiguilles d'une montre. Sur le sol aucune dévastation, à peine un peu plus de vent que d'habitude. Les colombes se posèrent à terre, en plein centre de cet orifice dans le ciel. Elles penchaient la tête alternativement de gauche à droite et regardaient de leurs yeux ronds ce mouvement circulaire de nuages. Intriguées sans doute, impressionnées certainement. Puis les Yavès se mirent à tourner à quelques dizaines de mètres du sol dans le même sens que cette aspiration. Ils appelaient à nouveau par leurs chants les colombes, les encourageant à venir. Elles marchaient rapidement, allant et venant sur quelques pas, leur cou se bombait en avant et se redressait à chaque déplacement, hésitant et nerveux. Difficile de résister à ce vacuum céleste, impossible de résister à cet appel, à l'appel des passeurs d'âmes. Finalement, ce fut trop fort et elles s'élevèrent dans les airs avec grâce pour rejoindre les petits oiseaux aux yeux verts, poursuivant leur ascension comme le font les aigles en cherchant les hauteurs du ciel. De grands vols circulaires et réguliers leur permirent de prendre de l'ascension. A l'approche des nuages, la vitesse augmenta rapidement et les volatiles furent vite entraînés le long du boyau, à la verticale. En quelques instants, ils surfaient sur les nuages à grande vitesse de leur vol planant. Ce tunnel aérien tapissé de nuages, illuminé et traversé par les rayons de Gabios, raccourcissait le temps et l'espace en transportant les jeunes colombes parmi les Yavès à destination de ce lieu du repos.

Plus tard, sur Mandawa, les colombes s'étaient regroupées sur un rocher plat planté dans une mare, au beau milieu des bois. Trois jours avaient passé. Elles étaient faibles, affamées, assoiffées et désespérées, n'attendant plus que leur mort. Les Yavès ne chantaient plus. Ils les veillaient depuis les arbres aux alentours, restant sourds à leurs plaintes. La nuit tombait, annonçant l'ultime sommeil pour ces êtres venus d'un autre monde, mais proches de la fin de ce cauchemar. Trois Yavès quittèrent leurs arbres pour entourer les jeunes oiseaux sur le rocher, puis ils reprirent leurs chants. Le reste de leur clan restait impassible. Ce trio de voix chantait ensemble un requiem quand soudainement, une lumière monta du rocher, puis recouvrit lentement les corps des mourantes. La lumière était violette et avait la forme d'une bulle. À l'intérieur, des flammèches apparurent. Dès cet instant, les chants s'interrompirent et firent place à une grande inspiration des Yavès. Leur bec ouvert, ils avalèrent cette clarté. La bulle se vidait par trois courants de lumière égaux qui s'écoulaient dans la gorge de ces bêtes. Plus aucune trace du passage des colombidés ne persista sur Mandawa. Les sages vêtus de plumes bleues restèrent un moment sur le rocher, fermant les yeux, émettant comme des cliquètements et de petits piaillements, puis vint le silence, un long moment de calme, une paix retrouvée. Le jour se levait sur la terre du repos. Les Yavès n'étaient plus sur le rocher, ils s'étaient envolés. Cette fois, ils iraient sur Parkris, planète mère du monde de Loudko.

Un laps de temps plus tard, sur Dsom72, Galenas n'arrêtait pas de penser à cette communion qui leur avait été proposée. En haut d'une colline, sur un balcon de cristal, assise en tailleur, elle réfléchissait à la dernière séance du partage tout en regardant cette vallée qui l'avait accueillie. Cette affinité était-elle inévitable, devraient-ils forcément l'accepter ? Mais s'ils refusaient, ne serait-ce pas faire preuve d'égoïsme ? Fallait-il abandonner plus de quatre milliards d'années de civilisation humaine pour déboucher sur quelque chose d'inconnu ? Ou fallait-il disparaître en fumée et laisser la nature des choses se faire ? Dans ce cas, personne n'en profiterait. La fin des hommes ne débouchant sur rien, si ce n'était une nouvelle errance pour leurs esprits. Accepter le changement, accepter d'être aujourd'hui quelque chose que je ne serai plus demain. Accepter d'être un humain maintenant et plus tard ? C'était un choix beaucoup trop important pour que seuls, vingt mille humains en prennent la décision. Il fallait montrer ce changement quel qu'il soit à ses frères et sœurs restés sur Terre. Le dernier choix leur reviendrait. Repartir, après la communion, tenter l'expérience ici et revenir sur Terre. Ce changement comporterait-il un risque pour ceux qui sont encore sur la planète bleue ? Quel risque puisque la fin était proche ? La *Conscience Commune* avait posé ces questions, argumenté les réponses, puis ils avaient décidé. Ce n'était pas à la colonie humaine de Dsom72 de prendre cette responsabilité. Il fallait retourner sur Terre.

Le septième jour arriva. Venixis, accompagné d'autres Oarxces, se trouvaient à la grande plage où le *Triangle* était prêt pour le départ. Devant lui, des hommes et des femmes se tenaient debout, le dos tourné à la porte d'embarcation. Ils avaient le regard fixé sur la source de lumière de chaque Oarxce qui illuminait le sable blanc. Ceux-ci descendirent au niveau des hommes et s'approchèrent d'eux. Les ombres humaines s'allongeaient. Il faisait nuit, une nuit noire, sans étoile. La foule était presque éblouie par la lumière des Oarxces et le scintillement des cristaux de leur hydre immortelle.

-Nous venons quérir la réponse, Galenas ! Acceptez-vous la communion ? demanda Venixis à Galenas directement dans son esprit.

-Quelle est la réponse, Galenas ?

-Nous acceptons. Nous acceptons, mais nous repartons sur Terre pour partager cette expérience avec les nôtres. L'humanité tout entière décidera de notre retour vers votre monde. Cela vous convient-il ?

L'hydre de cristal, au centre de la lumière de Venixis se tortilla doucement. Venixis ne répondait pas. Soudain, l'homme au chapeau de paille apparut, juste à côté du groupe des Oarxces.

-C'est une sage décision.

-Mais, Galenas, tu seras la seule de la colonie à ne pas communier. Comme cela, tu pourras témoigner auprès des tiens sur Terre de ce que tu as vu et entendu ici. La communion se fera pendant votre voyage. N'ayez crainte Rien de mal ne vous arrivera. Acceptez ce changement. Il fait partie de votre histoire. Allez maintenant ! Repartez en paix et que votre choix vous guide vers votre destin.

-Oh, merci. Nous vous remercions infiniment pour notre vie, termina Galenas.

Les humains remontèrent dans leur vaisseau dans le calme et le silence, puis, quand le dernier eut franchi la porte, une étrange lumière sortit du sommet de la montagne, la plus majestueuse de ce monde. Cette lumière gonfla comme une torche qui prendrait feu et, à la vitesse d'un éclair, parcourut les pentes, les vallées, les berges et les mers et s'enfonça par la porte ouverte du *Triangle*, éclairant brièvement l'intérieur de plusieurs milliers d'étincelles. Un instant plus tard, dans un coup de tonnerre, l'immense transporteur disparut de la plage. Les hommes et les femmes retournaient chez eux.

-Reviendront-ils, Maître ? demanda Venixis à l'homme au chapeau de paille.

-Les esprits égarés qui ont communié ont déjà vécu sur Terre, il y a bien longtemps. Ils aimaient cette planète bleue. Mais l'image du nouvel homme découlant de cette communion ne correspondra peut-être pas à ce que les hommes et femmes qui peuplent la Terre aujourd'hui imaginaient devenir. Le temps leur est compté. Ils devront décider quoi faire. Leur civilisation a atteint une grande sagesse, mais d'autres forces viennent toujours contrer un aboutissement et essaient de le faire chuter. Il sera très difficile de faire un choix lorsqu'ils verront la nouvelle forme de vie.

-Mais toi, Venixis, ne voulais-tu pas communier ?

-Non, Maître, car finalement, Gabios, ses mers, ses lacs, ce sable blanc et les hydres de cristal me manqueraient, je crois.

-Je vois, Venixis. L'homme au chapeau de paille sourit.

Les Oarxces contemplaient la mer au loin. Le ressac de la mer continuait doucement, il poussait ses petites vagues sur le sable blanc, comme si rien ne s'était jamais passé sur le rivage.

-Allons voir les jardins qu'ils ont créés. Peut-être y trouverais-je quelques légumes pour faire une bonne soupe. Le maître des esprits sourit, puis son apparence humaine disparut. Peu après, une lumière plus forte que celles des esprits accrochés à leur hydre, remplaça son corps de chair et se détacha des autres. Les Oarxces la suivirent et rejoignirent la *Vallée* des hommes où toutes les structures avaient déjà disparu. Seuls les jardins et les champs cultivés par les humains subsistaient.

Au-dessus des marécages de Parkris, sortant à peine du boyau atmosphérique, les trois Yavès descendaient du ciel. Les deux lunes en orbite autour de Gandor formaient dans la nuit, de grands yeux blancs détachés d'un visage. Comme la face humaine de la lune vue depuis la Terre, ce monde de Loudko offrait lui aussi des fantaisies selon la position de ses astres. À ce moment, ses satellites se trouvaient de chaque côté de la planète centrale. Gandor semblait regarder Parkris avec une expression triste. Ses yeux effleuraient de leurs rayons, les tiges d'herbes et la surface des eaux dans la nuit éclairée. Ils arrivèrent au-dessus de la prairie humide et se posèrent sur les branches fines d'un buisson, au milieu des hautes herbes ballottées par une douce brise. Leurs yeux verts inspectèrent les petites mares et les trous d'eau se trouvant proches d'eux. L'un d'eux s'envola et se posa au bord d'une grande flaque. Il appela les autres par un bref sifflement. Tous se retrouvèrent autour de ce point d'eau. Ils plongèrent leur bec dedans et le ressortirent plusieurs fois, puis marchèrent plusieurs fois autour de ce liquide sombre. La porte du ciel s'y reflétait. Ils arrêtèrent leurs pas et ensemble y plongèrent leur tête, gardant leurs petits yeux ouverts. Un filet de lumière s'écoula de leur gorge ouverte. Le même qui avait recouvert le dernier souffle des jeunes colombes dans les bois de Mandawa. Le trou d'eau noire s'emplit de cette clarté violacée. Quelques instants plus tard, les Yavès revinrent à l'air libre, secouèrent leur tête et débarrassèrent leurs plumes des gouttelettes d'eau. Ils contemplèrent cette matrice d'eau dont la surface commença à se gélifier, de sorte qu'après quelques instants, une membrane souple la recouvrit. À l'intérieur, de petites lumières tournoyaient et l'eau, sous la membrane, était brassée par des milliers de petites bulles d'air. Ils avaient fait ce pourquoi leur monde les avait créés. Ils apportaient l'esprit de la vie. Ensuite, Parkris, la planète mère, donnait naissance au corps et aujourd'hui, elle donnerait vie à une créature qui apporterait l'équilibre perturbé par la venue des hommes dans ce monde. Le rôle des Yavès ici était terminé. D'un battement d'ailes, ils reprirent de la hauteur et très vite s'engouffrèrent dans le couloir amenant de la naissance à la vie, puis à la mort de toutes les créatures du monde de Loudko.

Un jour et une nuit passèrent, permettant d'accomplir la gestation. À l'aube suivante, la membrane brusquement craqua. Trois formes rondes, recouvertes de boue, de la taille d'un homme, s'élevèrent ensemble des eaux brunes. Ces eaux épaisses ruisselaient de leurs têtes et retombaient à terre, entraînant l'humus et laissant peu à peu apparaitre à la place de ces boules de glaise, une lumière éblouissante. Ces trois sphères étaient traversées d'éclairs et des arcs électriques s'échappaient de chacune, créant entre elles un lien d'énergie. Elles se mirent à tourner lentement en cercle et continuèrent à monter doucement à la verticale. L'eau bouillait de grosses bulles, en dessous. La peau de cette terre végétale se déchira et se pourfendit d'abord en son milieu, puis la fente continua plus largement jusqu'aux bords, les dépassant même. Des jaillissements de vase sortaient de ce trou devenu une masse de boue. Le sol se souleva sous la pression venant du fond, formant un petit volcan de terre. Du ventre de Parkris, une créature gigantesque venait à la vie. Un corps de serpent s'extrayait verticalement de cette vulve de tourbe. Sa peau luisante et de couleur rouge sang glissait le long de ses parois. Les deux pattes de la créature, munies de serres puissantes, s'extirpaient tout droit de cette ouverture, dévastant un peu plus la terre qui lui avait donné vie. Surmontée de ses trois têtes de lumière, desquelles on distinguait deux yeux d'ombre tout juste ouverts, elle rugissait. Sa gueule était située à l'horizontale, juste en bout de son corps. Aucun contact physique entre les faces de lumières et son tronc. La gueule du monstre s'ouvrait, se retournait plus tôt. Ses lèvres épaisses plaquées contre son corps laissaient apparaitre l'intérieur d'une gorge gluante et parsemée de crochets noirs, courbés vers l'intérieur du monstre. Une queue, composée de trois pointes finissait le corps de cet être de cauchemar. Il rugit encore une fois, déchirant d'un bruit strident le calme habituel des marais. Des éclairs partant de ses regards fouettaient les marécages, pour démontrer sa puissance et sa détermination. Puis, le calme revenu un instant, ses yeux d'ombre glissèrent vers le sommet, à travers la clarté de ses visages sans orbite et regardèrent l'entrée du boyau atmosphérique, juste au-dessus. Puis, d'un bond, elle s'éleva vers l'œil de la spirale céleste et s'engouffra dans le passage vers Gandor. En vol, elle hurla encore plus fort et ses regards lancèrent un éclair foudroyant dans les airs, déclenchant un grondement de tonnerre terrifiant.

Sur Gandor, au beau milieu de la matinée, la bête atterrit lourdement près de Linoros, la cité des hommes. Elle était là, énorme, à quelques centaines de mètres, observant les humains. Eux, stupéfaits par la vision de cette créature, ne sachant pas comment interpréter sa présence, se regroupèrent peu à peu dans un champ à l'écart des habitations. Aucun Wakys, aucun Yonkos, seuls face à ce monstre, les hommes et femmes commençaient à être nerveux.

-Restez calmes, il n'y a pas de signe d'hostilité. Votre *Conscience !*

À ce moment-là, Brarons, lui aussi, arriva d'un bond à côté de la foule. Les deux mille humains se retournèrent vers lui.

-Humains, vous devez partir ! Cette créature est le Tarrys, c'est un gargoryme. Il y a bien longtemps qu'il est apparu pour la première fois sur notre monde. Il y a plusieurs siècles qu'il ne s'était montré. Il vient vous anéantir comme il l'a déjà fait avec d'autres avant vous. D'autres êtres qui étaient dans l'espoir aussi. L'espoir que les règles de ce monde changeraient avec eux. Il n'est pas trop tard, partez, je vous en prie. Le Tarrys attend toujours avant d'accomplir sa tâche. Il n'est pas trop tard.

-Mais pourquoi ? demanda Jorgos.

-Votre présence est pacifique et votre culture enrichissante, mais les règles de notre monde sont sans équivoque. Ces colombes qui ont vu le jour au beau milieu du monde de Loudko et libres de tous leurs mouvements ne dépendaient de personne. Les règles de notre nature sont ainsi faites. Chaque créature naissant sur ce monde doit dépendre d'une autre. Seul Parkris décide des exceptions. Partez ! C'est la seule chose à faire.

-Pouvons-nous le combattre, pouvez-vous nous aider à le combattre ?

-Non, Jordos, non. Nous ne combattons jamais des créatures de notre monde. Cette règle est en nous. Y désobéir, c'est mourir. Le Tarrys est très fort, son énergie est dans ce monde, il est ce monde. Vous ne pourrez pas vaincre.

-Mais nous pouvons vivre sur ce monde. Nous demander de partir, c'est nous condamner à une mort certaine.

-Jordos ! Préfères-tu mourir sur la Terre qui t'a vu naître ou dans ce monde que tu connais à peine et qui, tu le sais maintenant, ne te laissera aucun espoir, aucun avenir ? Comment veux-tu passer les instants qui te restent ? Dans la nostalgie ou en profiter encore jusqu'à la fin de la beauté de ton monde.

À ces mots, l'homme s'accroupit, son raisonnement chancelait comme ceux de tous les humains. L'espoir qu'avait suscité la naissance des jeunes colombes tournait à la désillusion. La *Conscience Commune* intégrait ce paramètre, il n'y avait aucun doute maintenant.

-Le combat est inutile, il n'en vaut pas l'enjeu. Rentrons ! Embarquement sur la *Licorne* immédiat. Votre Conscience.

En un rien de temps, les habitants de la Terre montèrent à bord. Jordos salua Brarons. Les Wakys et les Yonkos s'étaient regroupés autour du vaisseau. Le Tarrys était toujours à la même place, observant la scène. La noix de jade s'en alla dans un grondement de tonnerre.

-Sage décision, commenta Brarons.

Le Tarrys avait accompli sa mission. Il regarda la noix de jade quitter Gandor, puis il s'élança dans le ciel vers le lieu du repos. La mort l'attendait.

Le dernier choix

-J'ai vu la lumière, il y a cent millions d'années. C'est du fait de la sagesse de votre évolution que je suis apparue. Ensemble, nous avons progressé et ensemble, nous avons gouté à la vie si précieuse et si hasardeuse finalement. Bien qu'immatérielle, à travers votre existence, j'ai pu ressentir cette volupté physique si chèrement conquise par l'humanité. Aujourd'hui, nous sommes là, réunis encore une fois dans ce lieu propice au partage, *la Jonction*. Aujourd'hui, nous avons un choix à faire, ou plutôt, vous avez un choix à faire. Ce choix que votre *Conscience* vous propose est certainement le dernier, car je ne peux pas le recommander, je ne peux même pas le conseiller. Il est celui qui n'est pas raisonné, il est celui qui n'est pas réfléchi. Il est pure folie. Ce choix que vous devez faire est hors de nous-mêmes, hors de toute conscience. Il est le choix de votre humanité.

Notre monde se meurt, il est maintenant à l'aube de cette fin annoncée depuis tant d'années déjà. Notre Terre va brûler ainsi que tout le système solaire. Dans une heure et douze minutes, hélas, la fin va commencer. Notre soleil est devenu une géante rouge. Il va engloutir ce qu'il a nourri d'énergie pendant des milliards d'années.

Nous sommes en ce moment, présents encore une fois en conscience commune. Permettez-moi une dernière fois, moi qui suis votre conscience, de m'exprimer en notre nom à tous. Tous nos espoirs de migrations se sont perdus dans le cosmos. Les deux mondes que nous avons visités ne sont pas la terre d'accueil espérée. Le monde de Loudko possède ses propres règles. Mais elles anéantiraient notre futur. Dsom72 n'est finalement pas la terre de repos que nous attendions, mais un moment de transition pour ceux qui l'habitent. Ce serait une impatience d'y résider, nous sommes encore conscients. La cohabitation d'êtres éveillés avec des esprits n'est pas durable, chacun son monde, nous en avons été témoins. Nos frères et sœurs qui en sont revenus ne sont plus les mêmes à présent. Ils sont devenus ce que nous serons si nous acceptons tous cette communion. Le cycle a été changé, ou alors, juste respecté. Tout cela était-il déjà décidé ? Votre corps survivra et votre esprit goûtera à une nouvelle forme de vie, mais le lien qui nous unit se déchirera. Vous n'aurez plus votre *Conscience* actuelle. Un jour, dans le futur, peut-être qu'une autre entité, une autre *Conscience Commune*, à son tour, surviendra mais ce ne sera pas moi. Quoi qu'il en soit, le changement est devant vos yeux, vous l'avez vu. C'est à vous qu'il appartient de choisir votre fin, car je vous l'ai déjà dit, il n'y a aucune raison d'espérer. L'espoir n'est pas raison et vous le savez depuis longtemps. Il est pourtant l'énergie de ce monde et jusqu'à la fin, il vous animera.

Galenas, à ces mots, se rappela le retour sur Terre après avoir quitté le monde des Oarxces. Elle fut la seule à ne pas communier, à garder son apparence physique et à conserver le lien avec la *Conscience* comme l'avait prédit le maître des esprits. Tous les autres hommes et femmes de l'expédition ont débarqué métamorphosés. Des cris et des grognements surgissaient du *Triangle* lorsque les portes se sont ouvertes. Des hommes et des femmes sont sortis du vaisseau, nus et effrayés. Disparaissant en courant dans la forêt proche comme s'ils étaient appelés par ce lieu qu'ils semblaient reconnaître. Tous étaient devenus des hommes de Néandertal. Ainsi, la communion avait fait revenir une lignée humaine à la vie. Quel en était le sens ?

Malgré les tentatives, aucun contact ne fut possible avec leurs frères et sœurs. À chaque fois, ils les fuyaient. Ils étaient une nouvelle espèce à présent sans plus aucun lien avec *la Conscience Commune* dont Galenas faisait encore partie. Le lien était rompu avec ces créatures. Cette femme pressentait dans ces êtres, les mêmes esprits qu'elle avait côtoyés et appréciés, mais également ceux qu'elle avait aperçus dans la grotte avant la rencontre avec le maître des esprits sur Dsom72. Il y avait des forces différentes parmi eux, elles s'affrontaient à nouveau. Ce combat avait changé leur apparence et leur perception de soi. Sauront-ils trouver à leur tour le chemin de la paix, le chemin de la conscience, se demanda-t-elle?

Galenas réalisait que toutes les créatures de ce monde étaient le réceptacle d'esprits, avec leur propre conscience et ressenti, et que seule l'alchimie qui liait la chair aux esprits permettrait la naissance de la conscience d'un être. À chacun la sienne. Mais une fois éveillés, certains êtres, comme les humains, perdaient tout contact avec ceux qui les animaient. L'union des consciences avait alors permis aux derniers hommes et à travers ses ultimes voyages, de retrouver la porte d'accès à leurs esprits. Galenas s'interrogeait sur le sens de tout cela. Elle trouva la réponse à une partie de ses questionnements. L'avertissement du Tarrys sur le monde de Loudko confirmait que certaines lois dans l'univers dépassent toutes les consciences. Jordos l'avait compris, lui aussi. Tout était lié. Ce lien, tous le comprenaient maintenant. Il était la clef de voûte de leur raisonnement et allait leur permettre de se prononcer sur le choix à ne pas faire.

-Oui, nous savons maintenant qui nous sommes. C'est proche de la fin que nous avons découvert qui nous étions vraiment. Elle est là, perceptible, devant nous, comme un miroir, elle bloque toute vision du futur, donc tout espoir. Pourtant, il existe un endroit dans le cosmos, un système avec une étoile entourée de planètes sans vie évoluant dans un déséquilibre permanent à la limite du chaos. Cet endroit, dont je n'ai jamais parlé, pourrait être une destination pour notre monde. La masse de celui-ci pourrait rééquilibrer cet ensemble. Il est composé de onze planètes, la Terre serait la douzième. C'est le système de l'étoile Vigaris.

Mais il n'y a aucune chance de le rejoindre. Je vous le dis encore une fois, ce n'est que pure folie. Tout le démontre. Seul le hasard pourra nous sauver. Il vous reste ce choix encore. Un choix pour vous, pour nous et pour les êtres de ce monde, un choix pour ceux qui habitent tout ce qui vit dans cet univers. Allons-nous disparaitre en fumée ? Ou allons-nous tenter l'impossible pour rejoindre cette place dans cet espace inconnu? Allons-nous donner une autre chance à la vie ? Je le sais, il n'est pas rationnel de vouloir transférer notre monde pour échapper à ce brasier qui a commencé, il y a quelques instants. Je vous le répète, il n'y a aucun élément qui nous permettrait de penser consciemment que nous aurions la moindre chance de réussir mais, sans cette prise de risque irréfléchie, tout sera perdu. Alors, je vous le demande, voulez-vous tenter l'intrication de notre monde? Le temps presse, votre réponse ne peut tarder. Sachez-le, quelle que soit votre réponse, elle sera la dernière. Votre *Conscience*.

Dans toutes les jonctions de la Terre, aucun bruit, aucun murmure ne se firent entendre. Seules quelques larmes coulèrent dans le silence. Tous étaient abattus, asphyxiés par la lourdeur de leur décision. Tout se résumait à perdre leur conscience et certainement leur vie. A quoi bon finalement, tenter quelque chose ? N'est-ce pas la fatalité de mourir et de voir le monde brûler? Pourquoi cette responsabilité devait-elle les questionner. Ils n'étaient pas leurs esprits après tout.

Mais, un homme refusa l'abandon, un homme refusa le désespoir. Un homme prononça pour la première fois dans la *Jonction* depuis cent millions d'années quelques mots.

-Vivre, vivre, il faut vivre pour eux! Ingos prit la parole.

-Mes frères et sœurs, si nous ne réagissons pas, les forces qui nous animent seront condamnées à attendre indéfiniment peut-être, le retour à la vie. Mais, si nous réussissons, le cycle sera maintenu. L'univers s'exprimera pleinement. C'est ce que je ressens, ce que je perçois, c'est ce que vous percevez aussi. Nous sommes l'univers. Nous avons réussi à mettre nos forces et nos consciences en commun. Cela nous a pris quatre milliards d'années. Un jour viendra où nos forces entreront dans la conscience cosmique, la conscience de l'univers, mais avant, il nous faut donner dès à présent toute notre énergie pour tenter de sauver ce monde et offrir une nouvelle chance à la vie. Aidez-moi, je vous en prie. Aidez-moi. Végas lui tendit sa main droite, les yeux en larmes.

Alors, comme une force retrouvée, ces mots résonnèrent dans la conscience de chacun et tous, à ce moment, ressentirent au plus profond de leur être ce que leur vie avait été. Cette sensation, ces souvenirs leur permirent de faire ce que l'humanité avait toujours accompli au cours des âges, tenter l'impossible et poursuivre la vie, quoi qu'il arrive.

L'humanité, dans les braises de l'enfer, accepta l'inconcevable. Les hommes et les femmes de la Conscience savaient leur corps et leur conscience perdus mais, si un seul être de ce monde pouvait survivre encore un instant, même une seconde de plus, ils auraient donné un sens à leur propre vie et, d'une certaine façon, ils témoigneraient par cette action, leur propre reconnaissance qu'ils avaient, aujourd'hui proches de la fin, de l'existence du monde des esprits. Cette nouvelle approche de leur existence avait changé la perception de leur être. Ils n'étaient plus seuls. Vivre pour soi et vivre pour eux également. Ce nouveau paramètre changea encore une fois leur conscience. Ce nouvel éveil assimilé, ils se prononcèrent sur le choix qu'elle ne pouvait faire.

-Votre choix est fait ! Votre *Conscience.*

A cet instant précis, la Terre s'illumina de milliers de rayons dont la source provenait de toutes les cités. Chaque lumière encerclait de plus en plus vite la planète et la grossissait à chaque tour, happant la lune au passage. Cette boule de lumière semblait se démultiplier et sortir de son orbite. L'intrication autonome de la planète commença. La Terre devint une étoile et pour un instant fut plus rayonnante que le soleil. Puis, dans un gouffre d'ombre, elle disparut dans le cosmos, faisant place au néant.

Peu après, les rayons destructeurs du soleil occupèrent le vide laissé par la Terre et son satellite. Le système solaire tout entier fut consumé par cette énergie destructrice.

Plus tard, un peu plus tard, à des millions d'années-lumière du soleil, arrivant doucement sur l'orbite disponible, quelque part dans cet espace, au point précis de ce qui apporterait l'équilibre au système de l'étoile Vigaris, une planète bleue et sa lune s'imbriquèrent dans le jeu cosmique. Il y eut un immense bruit métallique comme si les roues dentées du mécanisme cosmique venaient de s'ajuster dans un entrechoquement. Il se fit entendre à travers tous l'espace, juste au moment de leur stabilisation sur leur nouvel axe. Du chaos naissait l'harmonie, comme si la Terre avait été attendue depuis longtemps pour rétablir le mouvement de ce système.

Sur Terre, un homme et une femme gisaient au milieu d'un champ, inconscients. Totalement nus, leur peau parcourue par une légère brise et réchauffée en douceur par ce nouveau soleil. Ingos et Végas étaient les seuls survivants. Épargnés, ils étaient maintenant les seuls de leur civilisation. Plus loin, dans un bois, debout sur la branche d'un grand arbre, un homme de Néandertal les observait. Ceux-là avaient tous survécu.

Ingos et Végas devaient tout recommencer. Bien que n'étant plus que deux, leur *Conscience Commune* était toujours présente. Ils l'avaient en eux. Les pleurs passés, ils devaient survivre et à trois, ils recommençaient une nouvelle vie. Ils devaient se passer des grandes structures car ils n'avaient pas assez d'énergie à deux pour les construire, mais ils possédaient toujours le savoir et petit à petit, avec l'aide de leur *Conscience Commune*, ils reconstruiraient leur lieu de vie et partageraient leurs nouvelles expériences, comme avant. Chassant à nouveau pour se nourrir et se vêtir, fabriquant les outils de base qu'ils utiliseraient, ils surmonteraient le passé et accepteraient le présent. Ingos observait à son tour ses anciens frères. Il s'en méfiait également, sachant que leur présence signifiait à nouveau, une concurrence avec les néanderthaliens dans leurs chasses et que leurs différences pourraient créer des peurs, des envies ou des ambitions. De leur côté, les hommes de Néandertal s'organisaient aussi. Ils se structuraient en petits clans, partant à la conquête de nouveaux territoires. Créant leur culture et règles de société.

Puis, après quelques mois, les premières naissances arrivèrent. Végas également allait donner vie à un nouvel être mais, cette fois, elle en accoucherait naturellement.

Un soir, après des hurlements de douleur, elle donna la vie à une petite fille, au bord d'un feu, au milieu d'une clairière traversée par un ruisseau, au cœur de la forêt.

-C'est un bonheur et heureusement, elle est là parmi nous. Je te remercie, mon compagnon et je remercie notre conscience.

-Oui, Vegas, ma tendre compagne, je te remercie, du plus profond de mon cœur également.

-Bienvenue dans la vie, Dias. Je suis *la Conscience Commune* et maintenant, tu fais partie de nous.

La petite, dans les bras de sa mère, marmonnait quelques petits bruits. Ingos lui passa la main sur sa petite tête encore humide pendant que sa mère sectionnait le cordon ombilical avec l'aide d'une pierre taillée dont le tranchant avait été posé sur le feu. Ce feu qui illuminait le couple et l'enfant dans la nuit. L'homme et la femme étaient debout maintenant, l'un en face de l'autre, l'enfant reposant sur la poitrine de sa mère qui la portait dans ses bras. Tout était calme, le ciel dégagé et la forêt paisible, quand soudain, il y eut un sifflement provenant de l'ombre. Végas s'effondra, transpercée par une lance de bois terminée par un silex tranchant. Elle lâcha sa petite fille dans les bras de son compagnon qui tenta aussitôt de fuir avec l'enfant, pour la protéger. Il y eut un deuxième sifflement. Cette fois, Ingos stoppa sa course et posa un genou à terre. La lance venait de se planter dans le creux de ses reins. Levant les bras au ciel, son enfant placé devant la lune. Vis Dias, je t'en prie, vis ! Alors, un homme de Néandertal s'approcha en courant près de lui. Il n'était pas seul. Son clan, composé de quatre hommes et cinq femmes, le suivait à quelques pas. Sans même regarder Ingos, il arracha l'enfant des bras de son père et l'enveloppa d'un geste précis dans une peau de bête. Le visage dégagé pour qu'elle respire, Dias souriait à cet homme qui l'auscultait du regard. Ensuite, il protégea l'enfant en le plaçant tout contre son torse avec précaution. Il se retourna et cria quelques mots vers les siens. Tous disparurent dans les bois en quelques enjambées.

Ingos, de toutes ses dernières forces, se traîna à terre jusqu'auprès de Végas qui agonisait sur le dos. Dans sa chute, la lance s'était brisée, ce qui lui permettait de trouver quelque repos sur le dos. Vegas appela doucement Ingos. Il lui prit la main gauche dans les siennes. Sur le ventre, les coudes appuyés sur le sol, il se haussa doucement, malgré ses souffrances, pour la regarder dans les yeux encore une fois, il pencha la tête à côté de son oreille. Il lui murmura avec peine ces derniers mots.

-Elle survivra, notre enfant survivra, mon amour.

A ces mots, Végas perdit connaissance.

-Végas, Végas, reste encore un instant, supplia-t-il en la regardant.

Il entendit juste après une phrase qui n'était pas la réponse espérée.

-Je m'éteins, je ne peux exister sans vous..., je suis désolée..., c'est la fin. Votre *Conscience Commune*.

Les forces vitales de Végas n'étaient plus suffisantes pour supporter la *Conscience Commune*. Pourtant, avec celles qui lui restaient, elle répondit à son amour.

-Ingos, je t'attends. Dépêche-toi ! murmura-t-elle.

Aux mots de son amour, l'homme extirpa de ses reins cette arme fatale de l'autre humanité. Encore une fois, il accepta une grande souffrance inutile, car pour lui tout serait terminé dans les proches instants. Mais il voulait laisser partir les esprits qui l'avaient animé en même temps que ceux de sa compagne bien aimée. Une fois l'opération terminée, la lance déposée, il s'allongea sur le dos, très proche de Vegas. Il prit tendrement la main de sa belle dans la sienne et, comme pour le dernier plongeon lors du cycle du départ, plaça son bras et celui de sa compagne en flèche au-dessus de leur tête. Végas, dans un dernier sursaut de conscience, serra la main de son amour pour lui témoigner qu'elle était prête.

Végas et Ingos, sans aucun guide cette fois-ci, laissèrent partir au même moment leurs esprits vers leur destinée. Un léger sourire posé sur leur visage témoignait de la plénitude de cet instant.

Dans la forêt, une chouette avait observé la scène de ses grands yeux ouverts. Elle avait été le témoin de la continuation de la vie par la naissance de l'enfant et de la mort tragique de sa mère et de son père. Maintenant, il n'y avait plus de mouvement dans la clairière, juste celui des flammes du feu de camp, là où se trouvaient les corps sans vie de la femme auprès de son homme. Elle continuait de l'observer. Quelques instants plus tard, à son tour, le feu perdit de sa force, et quand la dernière braise s'étouffa, elle poussa un cri, puis s'envola dans le ciel. Le jour se levait.

Fin

Je dédie cette histoire à tous ceux qui me lisent.

Romuald Reber

DU MÊME AUTEUR

Prime de vie, nouvelle, février 2010.
Le très grand nettoyage, octobre 2010

Rayonnement

Réalisation de la couverture : Dominique Falquet.
Informations et renseignements : www.editionsrodarima.ch

www.ingramcontent.com/pod-product-compliance
Ingram Content Group UK Ltd.
Pitfield, Milton Keynes, MK11 3LW, UK
UKHW021643190726
13853UKWH00001B/24

9 782970 080749